dt

Neun Kurzgeschichten von Klassikern der modernen amerikanischen Literatur – in englisch-deutschem Paralleldruck:

– Ein junger Mann malt sich aus, was im demnächst beginnenden wirklichen Leben alles auf ihn zukommt, irgendwie bedrohlich, anstrengend…
– Eine alte Dame in hübscher Altbauwohnung wird von einem kleinen Mädchen besucht, das erst reizend, dann etwas lästig, dann unheimlich ist…
– Ein großspurig gesellig sportlich riskant dahin lebendes Paar kriegt, oh amerikanisches Wunder, doch die Kurve vom Untergang zum Erfolg…
– Ein alter Mann auf der letzten Strecke seines Lebens, am Strand behelfsmäßig hausend, baut einem Kind zuliebe eine über alle Maßen wunderbare Sandburg…
– Ein europäisch angehauchter Unentschlossener besucht in Amerika seine Exfrau, die ein festgefügtes Frauen-Leben gesucht und gefunden hat, das keineswegs platt oder fade ist…
– Einer Frau in aufgeräumten Verhältnissen kommt in den Sinn, was sie als Schulmädchen einer Mitschülerin aus der untersten sozialen Schicht angetan hat…
– Eine andere Frau in aufgeräumten Verhältnissen will, das muss doch möglich sein, eine Erzählung über einfache Menschen schreiben, eine zu Herzen gehende Erfolgsstory…
– Ein junger Kassierer im Warenhaus erlebt eine Szene, in der er mutig Partei ergreift…
– Zwei Jungen beim Fangball sind richtig aufeinander eingespielt, ein dritter stört eigentlich nur, und so beginnt ein Drama…

Summa summarum: ein kleines amerikanisches Welttheater, gescheit, nachdenklich, poetisch, brillant.

A Game of Catch.
American Short Stories

Fangball spielen.
Amerikanische Kurzgeschichten

Herausgegeben von Harald Raykowski
unter Mitarbeit von Carolin Worgall

Deutscher Taschenbuch Verlag

dtv zweisprachig · Edition Langewiesche-Brandt
herausgegeben von Kristof Wachinger

Neuübersetzung / Deutsche Erstausgabe
1. Auflage August 1999
Einige der Erzählungen sind bereits in früheren Bänden der Reihe erschienen.
Copyright-Nachweise Seite 212 ff.

Umschlagkonzept: Balk & Brumshagen
Umschlagbild: «August 1964» von Alex Colville (Ausschnitt)
Satz: W Design, Höchstädt Ofr.
Gesamtherstellung: Kösel, Kempten
Gedruckt auf säurefreiem, chlorfrei gebleichtem Papier
ISBN 3-423-09380-3. Printed in Germany

Inhalt

Saul Bellow: A Father-To-Be

The strangest notions had a way of forcing themselves into Rogin's mind. Just thirty-one and passable-looking, with short black hair, small eyes, but a high, open forehead, he was a research chemist, and his mind was generally serious and dependable. But on a snowy Sunday evening while this stocky man, buttoned to the chin in a Burberry coat and walking in his preposterous gait – feet turned outward – was going toward the subway, he fell into a peculiar state.

He was on his way to have supper with his fiancée. She had phoned him a short while ago and said, "You'd better pick up a few things on the way."

"What do we need?"

"Some roast beef, for one thing. I bought a quarter of a pound coming home from my aunt's."

"Why a quarter of a pound, Joan?" said Rogin, deeply annoyed. "That's just about enough for one good sandwich."

"So you have to stop at a delicatessen. I had no more money."

He was about to ask, "What happened to the thirty dollars I gave you on Wednesday?" but he knew that would not be right.

"I had to give Phyllis money for the cleaning woman," said Joan.

Phyllis, Joan's cousin, was a young divorcee, extremely wealthy. The two women shared an apartment.

"Roast beef," he said, "and what else?"

"Some shampoo, sweetheart. We've used up all

Saul Bellow: Ein künftiger Vater

Manchmal drängten sich Rogin die seltsamsten Gedanken auf. Er war erst einunddreißig und sah ganz gut aus, hatte kurzes schwarzes Haar, kleine Augen, aber eine hohe, freie Stirn – er war Chemiker in einem Forschungslabor, und sein Verstand arbeitete normalerweise nüchtern und zuverlässig. Aber an einem verschneiten Sonntagabend, als dieser untersetzte Mann – seinen Burberry-Mantel bis zum Kinn zugeknöpft und mit seinem komischen Gang, die Füße nach außen gerichtet – zur U-Bahnstation lief, geriet er in einen sonderbaren Zustand.

Er war auf dem Weg zu einem Abendessen bei seiner Verlobten. Sie hatte ihn kurz zuvor angerufen und gesagt: «Kauf doch bitte unterwegs noch ein paar Dinge ein.»

«Was brauchen wir denn?»

«Vor allem etwas Roastbeef. Auf dem Heimweg von meiner Tante habe ich schon ein Viertelpfund gekauft.»

«Warum nur ein Viertelpfund, Joan?» fragte Rogin ziemlich ärgerlich. «Das reicht doch höchstens für ein größeres Sandwich.»

«Du musst also in ein Feinkostgeschäft gehen. Ich hatte nicht genug Geld bei mir.»

Er wollte schon fragen: «Und was ist mit den dreißig Dollar, die ich dir am Mittwoch gegeben habe?» Aber er wusste, dass das ein Fehler wäre.

«Ich musste Phyllis Geld für die Putzfrau geben», sagte Joan.

Phyllis war Joans Kusine, jung, geschieden und sehr wohlhabend. Die beiden Frauen bewohnten zusammen ein Apartment.

«Also Roastbeef», sagte er. «Und was sonst?»

«Etwas Shampoo, Schatz. Wir haben alles Shampoo ver-

the shampoo. And hurry, darling, I've missed you all day."

"And I've missed you," said Rogin, but to tell the truth he had been worrying most of the time. He had a younger brother whom he was putting through college. And his mother, whose annuity wasn't quite enough in these days of inflation and high taxes, needed money too. Joan had debts he was helping her to pay, for she wasn't working. She was looking for something suitable to do. Beautiful, well educated, aristocratic in her attitude, she couldn't clerk in a dime store; she couldn't model clothes (Rogin thought this made girls vain and stiff, and he didn't want her to); she couldn't be a waitress or a cashier. What could she be? Well, something would turn up and meantime Rogin hesitated to complain. He paid her bills – the dentist, the department store, the osteopath, the doctor, the psychiatrist. At Christmas, Rogin almost went mad. Joan bought him a velvet smoking jacket with frog fasteners, a beautiful pipe, and a pouch. She bought Phyllis a garnet brooch, an Italian silk umbrella, and a gold cigarette holder. For other friends, she bought Dutch pewter and Swedish glassware. Before she was through, she had spent five hundred dollars of Rogin's money. He loved her too much to show his suffering. He believed she had a far better nature than his. She didn't worry about money. She had a marvelous character, always cheerful, and she really didn't need a psychiatrist at all. She went to one because Phyllis did and it made her curious. She tried too much to keep up with her cousin, whose father had made millions in the rug business.

While the woman in the drugstore was wrap-

braucht. Und beeil dich, Liebling, du hast mir den ganzen Tag gefehlt.»

«Du hast mir auch gefehlt», sagte Rogin, aber in Wahrheit hatte er sich die meiste Zeit Sorgen gemacht. Er hatte einen jüngeren Bruder, dem er das College-Studium bezahlte. Und seine Mutter, deren Rente jetzt, da die Inflation und die Steuern so hoch waren, nicht ausreichte, brauchte auch Geld. Joan hatte Schulden, die er ihr abzuzahlen half, denn sie war ohne Arbeit. Sie suchte gerade nach etwas Geeignetem. Sie war schön, gebildet, von vornehmer Art und konnte deshalb nicht als Verkäuferin in einem billigen Laden arbeiten. Als Mannequin konnte sie auch nicht arbeiten (Rogin fand, davon würden junge Frauen eitel und geziert, und das wollte er nicht). Kellnerin oder Kassiererin kam auch nicht in Frage. Was konnte sie also tun? Na, irgendwas würde sich schon finden, und vorläufig wollte sich Rogin nicht beschweren. Er bezahlte ihre Rechnungen: für den Zahnarzt, das Kaufhaus, den Orthopäden, den Hausarzt, den Psychiater. An Weihnachten hätte Rogin fast einen Wutanfall bekommen. Joan kaufte ihm eine Hausjacke aus Samt mit Paspelverschluss, eine wunderschöne Pfeife und einen Tabaksbeutel. Für Phyllis kaufte sie eine Granatbrosche, einen italienischen Seidenschirm und eine goldene Zigarettenspitze. Für andere Freundinnen kaufte sie holländisches Zinn und schwedisches Glas. Noch ehe sie damit fertig war, hatte sie fünfhundert Dollar von Rogins Geld ausgegeben. Er liebte sie zu sehr, um ihr offen zu zeigen, wie er litt. Er glaubte, sie sei ein besserer Mensch als er. Um Geld machte sie sich keine Gedanken. Sie hatte ein wundervolles Wesen, stets heiter, und eigentlich brauchte sie gar keinen Psychiater. Sie ging nur hin, weil Phyllis ging und weil sie neugierig war. Sie richtete sich immer viel zu sehr nach ihrer Kusine, deren Vater mit Teppichen Millionen verdient hatte.

Während die Frau im Drugstore die Shampooflasche ein-

ping the shampoo bottle, a clear idea suddenly arose in Rogin's thoughts: Money surrounds you in life as the earth does in death. Superimposition is the universal law. Who is free? No one is free. Who has no burdens? Everyone is under pressure. The very rocks, the waters of the earth, beasts, men, children – everyone has some weight to carry. This idea was extremely clear to him at first. Soon it became rather vague, but it had a great effect nevertheless, as if someone had given him a valuable gift. (Not like the velvet smoking jacket he couldn't bring himself to wear, or the pipe it choked him to smoke.) The notion that all were under pressure and affliction, instead of saddening him, had the opposite influence. It put him in a wonderful mood. It was extraordinary how happy he became and, in addition, clear-sighted. His eyes all at once were opened to what was around him. He saw with delight how the druggist and the woman who wrapped the shampoo bottle were smiling and flirting, how the lines of worry in her face went over into lines of cheer and the druggist's receding gums did not hinder his kidding and friendliness. And in the delicatessen, also, it was amazing how much Rogin noted and what happiness it gave him simply to be there.

Delicatessens on Sunday night, when all other stores are shut, will overcharge you ferociously, and Rogin would normally have been on guard, but he was not tonight, or scarcely so. Smells of pickle, sausage, mustard, and smoked fish overjoyed him. He pitied the people who would buy the chicken salad and chopped herring; they could do it only because their sight was too dim to see what they were getting: the fat flakes of pepper on the

packte, ging es Rogin plötzlich glasklar durch den Kopf: Das Geld umgibt uns im Leben wie die Erde im Tod. Unterjochung lautet das allgemeine Gesetz. Wer ist schon frei? Niemand ist frei. Wer trägt keine Bürde? Auf allen lastet etwas. Sogar die Felsen, die Gewässer, Tiere, Menschen, Kinder – alle haben eine Last zu tragen. Zuerst erschien ihm dieser Gedanke ganz klar, aber schon bald wurde er unscharf. Dennoch hatte er eine große Wirkung, so als hätte ihm jemand damit ein wertvolles Geschenk gemacht. (Nicht so eins wie die Samtjacke, die er nicht tragen mochte, oder die Pfeife, die ihn zum Husten brachte.) Der Gedanke, dass auf allen Druck und Sorgen lasteten, stimmte ihn aber nicht traurig, sondern im Gegenteil: Er versetzte ihn in eine ausgezeichnete Stimmung. Es war ganz erstaunlich, wie glücklich er ihn machte und wie hellsichtig obendrein. Plötzlich nahm er wahr, was um ihn herum vor sich ging. Er sah mit Entzücken, wie der Drogist und die Frau, die seine Shampooflasche einwickelte, lächelten und flirteten, wie aus den Sorgenfalten ihn ihrem Gesicht Lachfältchen wurden und wie sein schwindendes Zahnfleisch den Drogisten nicht daran hinderte, zu scherzen und nett zu sein. Und auch im Feinkostgeschäft war es verblüffend, was Rogin alles auffiel und wie glücklich es ihn machte, einfach dort zu sein.

An einem Sonntagabend, wenn alle anderen Läden geschlossen sind, verlangen Feinkostgeschäfte unverschämte Preise, und normalerweise wäre Rogin auf der Hut gewesen, aber an diesem Abend war er es nicht oder doch kaum. Der Duft von Pickles, Wurst, Senf und Räucherfisch machte ihn überglücklich. Ihm taten die Menschen leid, die den Geflügelsalat oder die Heringshappen kaufen würden. Sie würden das nur tun, weil sie nicht richtig wahrnahmen, was sie da bekamen: die großen Paprikastücke zwischen dem Hühnerfleisch, den matschigen Hering, der wohl eher aus essiggetränkten alten Brotstücken

chicken, the soppy herring, mostly vinegar-soaked stale bread. Who would buy them? Late risers, people living alone, waking up in the darkness of the afternoon, finding their refrigerators empty, or people whose gaze was turned inward. The roast beef looked not bad, and Rogin ordered a pound.

While the storekeeper was slicing the meat, he yelled at a Puerto Rican kid who was reaching for a bag of chocolate cookies, "Hey, you want to pull me down the whole display on yourself? You, *chico*, wait a half a minute." This storekeeper, though he looked like one of Pancho Villa's bandits, the kind that smeared their enemies with syrup and staked them down on anthills, a man with toad-like eyes and stout hands made to clasp pistols hung around his belly, was not so bad. He was a New York man, thought Rogin – who was from Albany himself – a New York man toughened by every abuse of the city, trained to suspect everyone. But in his own realm, on the board behind the counter, there was justice. Even clemency.

The Puerto Rican kid wore a complete cowboy outfit – a green hat with white braid, guns, chaps, spurs, boots, and gauntlets – but he couldn't speak any English. Rogin unhooked the cellophane bag of hard circular cookies and gave it to him. The boy tore the cellophane with his teeth and began to chew one of those dry chocolate disks. Rogin recognized his state – the energetic dream of childhood. Once, he, too, had found these dry biscuits delicious. It would have bored him now to eat one.

What else would Joan like? Rogin thought fondly. Some strawberries? "Give me some frozen strawberries. No, raspberries, she likes those better.

bestand. Wer würde das kaufen? Spätaufsteher, Alleinstehende, die erst in der Dämmerung des Spätnachmittags aufwachten und feststellten, dass ihr Kühlschrank leer war, oder Leute, die zu sehr mit sich selbst beschäftigt waren. Das Roastbeef sah ganz gut aus, und Rogin verlangte ein Pfund.

Während der Ladeninhaber das Fleisch in Scheiben schnitt, rief er einem puertoricanischen Jungen, der nach einem Päckchen Schokoladenkeks angelte, zu: «He, willst du mir die ganze Auslage runterreißen? Wart ne Minute, Chico.» Dieser Ladenbesitzer sah zwar aus wie einer von Pancho Villas Banditen, einer von denen, die ihre Feinde mit Sirup einschmierten und dann über einem Ameisenhügel festbanden, ein Mann mit Froschaugen und großen Händen, mit denen er die an seinem Gürtel baumelnden Pistolen packen konnte – aber er war gar nicht so übel. Er war ein New Yorker, dachte Rogin (der selbst aus Albany stammte), ein New Yorker, den die vielen Kränkungen durch diese Stadt gestählt hatten und der gelernt hatte, keinem zu trauen. Aber in seinem eigenen Reich, auf dem Brett hinter dem Ladentisch herrschte Gerechtigkeit. Sogar Barmherzigkeit.

Der kleine Puertoricaner war wie ein Cowboy ausstaffiert: grüner Hut mit weißer Borte, Colts, Leggings, Sporen, Stiefel und Handschuhe – aber er sprach kein Wort Englisch. Rogin nahm eine Zellophantüte mit runden Schokoladenkeks aus dem Regal und gab sie ihm. Der Junge riss die Tüte mit den Zähnen auf und biss in eine dieser trockenen Schokoladenscheiben. Rogin kannte diesen Zustand – den energiegeladenen Traum der Kindheit. Auch er hatte dieses trockene Gebäck einmal köstlich gefunden. Heute würde es ihn langweilen.

Worüber würde sich Joan sonst noch freuen? dachte er liebevoll. Erdbeeren? «Geben Sie mir bitte von den gefrorenen Erdbeeren. Nein, Himbeeren, die mag sie lieber.

And heavy cream. And some rolls, cream cheese, and some of those rubber-looking gherkins."

"What rubber?"

"Those, deep green, with eyes. Some ice cream might be in order, too."

He tried to think of a compliment, a good comparison, an endearment, for Joan when she'd open the door. What about her complexion? There was really nothing to compare her sweet, small, daring, shapely, timid, defiant, loving face to. How difficult she was, and how beautiful!

As Rogin went down into the stony, odorous, metallic, captive air of the subway, he was diverted by an unusual confession made by a man to his friend. These were two very tall men, shapeless in their winter clothes, as if their coats concealed suits of chain mail.

"So, how long have you known me?" said one.

"Twelve years."

"Well, I have an admission to make," he said. "I've decided that I might as well. For years I've been a heavy drinker. You didn't know. Practically an alcoholic."

But his friend was not surprised, and he answered immediately, "Yes, I did know."

"You knew? Impossible! How could you?"

Why, thought Rogin, as if it could be a secret! Look at that long, austere, alcohol-washed face, that drink-ruined nose, the skin by his ears like turkey wattles, and those whisky-saddened eyes.

"Well, I did know, though."

"You couldn't have. I can't believe it." He

Und dicke Sahne. Und Brötchen, Weichkäse und ein paar von diesen Gürkchen, die wie Gummi aussehen.»

«Gummi?»

«Von diesen tiefgrünen mit den runden Augen. Etwas Eis wäre auch nicht schlecht.»

Er versuchte, sich ein Kompliment auszudenken, einen hübschen Vergleich, eine Zärtlichkeit für Joan, wenn sie die Tür öffnete. Wie wäre es mit ihrem Teint? Aber es gab eigentlich nichts, womit man ihr süßes kleines, keckes, wohlgeformtes, schüchternes, trotziges, liebevolles Gesicht vergleichen konnte. Wie schwierig sie war, und wie wunderschön!

Als Rogin in die steinerne, stinkende, metallische, stickige Luft der Untergrundbahn hinabstieg, erregte ein ungewöhnliches Geständnis seine Aufmerksamkeit, das ein Mann seinem Freund machte. Beide waren sehr groß, unförmig in ihrer Winterkleidung, so als wären unter ihren Mänteln Ritterrüstungen verborgen.

«Wie lange kennst du mich eigentlich schon?» fragte der eine.

«Zwölf Jahre.»

«So, dann muss ich dir jetzt ein Geständnis machen», fuhr er fort. «Ich habe mich dazu entschlossen. Seit Jahren schon trinke ich sehr viel. Du hast das nicht gewusst, aber ich bin praktisch Alkoholiker.»

Aber sein Freund war keineswegs überrascht, und er antwortete sofort: «Doch, das wusste ich.»

«Du wusstest es? Unmöglich! Woher denn?»

Na, dachte Rogin, als ob das ein Geheimnis wäre! Man braucht sich doch nur dieses hagere, düstere, alkoholdurchtränkte Gesicht anzusehen, diese vom Suff gezeichnete Nase, diese truthahnartigen Hautlappen neben seinen Ohren und diese traurigen Whiskyaugen.

«Naja, ich hab's eben gewusst.»

«Ausgeschlossen. Das glaube ich einfach nicht.» Er war

was upset, and his friend didn't seem to want to soothe him. "But it's all right now," he said. "I've been going to a doctor and taking pills, a new revolutionary Danish discovery. It's a miracle. I'm beginning to believe they can cure you of anything and everything. You can't beat the Danes in science. They do everything. They turned a man into a woman."

"That isn't how they stop you from drinking, is it?"

"No. I hope not. This is only like aspirin. It's superaspirin. They called it the aspirin of the future. But if you use it, you have to stop drinking."

Rogin's illuminated mind asked of itself while the human tides of the subway swayed back and forth, and cars linked and transparent like fish bladders raced under the streets: How come he thought nobody would know what everybody couldn't help knowing? And, as a chemist, he asked himself what kind of compound this new Danish drug might be, and started thinking about various inventions of his own, synthetic albumen, a cigarette that lit itself, a cheaper motor fuel. Ye gods, but he needed money! As never before. What was to be done? His mother was growing more and more difficult. On Friday night, she had neglected to cut up his meat for him, and he was hurt. She had sat at the table motionless, with her long-suffering face, severe, and let him cut his own meat, a thing she almost never did. She had always spoiled him and made his brother envy him. But what she expected now! Oh, Lord, how he had to pay, and it had never even occurred to him formerly that these things might have a price.

aufgebracht, und sein Freund machte keinen Versuch, ihn zu beruhigen. «Aber jetzt ist alles in Ordnung», sagte er. «Ich war bei einem Arzt und nehme Tabletten, eine revolutionäre Neuentdeckung aus Dänemark. Es ist ein wahres Wunder! Allmählich glaube ich, dass sie dich wirklich von allem heilen können. Als Wissenschaftler sind die Dänen unschlagbar. Sie können einfach alles. Sie haben sogar aus einem Mann eine Frau gemacht.»

«Tun sie das etwa auch, um einem das Trinken abzugewöhnen?»

«Nein. Hoffentlich nicht. Das hier ist einfach wie Aspirin. Es ist eine Art Super-Aspirin. Sie haben es das Aspirin der Zukunft genannt. Aber wenn man es einnimmt, muss man mit dem Trinken aufhören.»

Rogins hellwacher Kopf fragte sich, während die Menschenflut in der Untergrundbahn hin und her wogte und aneinandergekoppelte Wagen, durchsichtig wie Fischblasen, unter den Straßen dahinrasten: Wieso glaubte er, dass keiner bemerken würde, was doch so offensichtlich war? Und als Chemiker fragte er sich, wie dieses neue dänische Mittel wohl zusammengesetzt war, und er erinnerte sich an einige seiner eigenen Erfindungen: synthetisches Eiweiß, eine Zigarette, die sich von allein anzündete, billigeres Benzin. Du lieber Himmel, er brauchte dringend Geld! Mehr denn je. Was sollte er tun? Seine Mutter wurde immer schwieriger. Am Freitag abend hatte sie es versäumt, ihm sein Fleisch in Häppchen zu schneiden, und er war gekränkt. Sie hatte regungslos am Tisch gesessen, mit ihrem leidenden, strengen Gesicht, und ihn sein Fleisch selber schneiden lassen, was sonst fast nie vorkam. Sie hatte ihn immer so verwöhnt, dass sein Bruder ganz neidisch wurde. Aber was sie jetzt alles erwartete! Oh Gott, wie er zahlen musste, und früher hatte er nicht einmal geahnt, dass diese Dinge ihren Preis haben könnten.

Seated, one of the passengers, Rogin recovered his calm, happy, even clairvoyant state of mind. To think of money was to think as the world wanted you to think; then you'd never be your own master. When people said they wouldn't do something for love or money, they meant that love and money were opposite passions and one the enemy of the other. He went on to reflect how little people knew about this, how they slept through life, how small a light the light of consciousness was. Rogin's clean, snub-nosed face shone while his heart was torn with joy at these deeper thoughts of our ignorance. You might take this drunkard as an example, who for long years thought his closest friends never suspected he drank. Rogin looked up and down the aisle for this remarkable knightly symbol, but he was gone.

However, there was no lack of things to see. There was a small girl with a new white muff; into the muff a doll's head was sewn, and the child was happy and affectionately vain of it, while her old man, stout and grim, with a huge scowling nose, kept picking her up and resettling her in the seat, as if he were trying to change her into something else. Then another child, led by her mother, boarded the car, and this other child carried the very same doll-faced muff, and this greatly annoyed both parents. The woman, who looked like a difficult, contentious woman, took her daughter away. It seemed to Rogin that each child was in love with its own muff and didn't even see the other, but it was one of his foibles to think he understood the hearts of little children.

A foreign family next engaged his attention. They looked like Central Americans to him. On

Als er Platz genommen hatte, Fahrgast war, wurde Rogin wieder ruhiger, glücklicher, sogar hellsichtig. Die Welt wollte ja, dass man immerzu ans Geld dachte, aber dann war man nie sein eigener Herr. Wenn die Menschen sagten, dass sie etwas weder um der Liebe noch des Geldes willen tun würden, dann meinten sie damit, dass Liebe und Geld entgegengesetzte, einander feindliche Leidenschaften waren. Weiter dachte er, wie wenig die Menschen darüber wussten, wie sie ihr Leben verschliefen, wie schwach doch das Licht der Vernunft war. Rogins klares, stupsnasiges Gesicht hellte sich auf und sein Herz wäre fast zersprungen vor Freude über diese tiefen Gedanken über unsere Unwissenheit. Ein Beispiel war dieser Trinker, der jahrelang glaubte, seine engsten Freunde hätten keine Ahnung davon, dass er trank. Rogin hielt im Abteil Ausschau nach diesem bemerkenswerten Inbegriff des Ritters, doch der Mann war verschwunden.

Aber es gab genug anderes zu sehen. Da war ein kleines Mädchen mit einem neuen weißen Muff. Auf diesen Muff war ein Puppenkopf aufgenäht, und das Kind war glücklich und liebevoll stolz darauf, während der alte Mann, der bei ihr war, dick und grimmig mit einer riesigen drohenden Nase, sie in einem fort hochhob und auf ihrem Platz zurechtrückte, so als wollte er etwas anderes aus ihr machen. Dann stieg ein anderes Kind an der Hand seiner Mutter in den Wagen, und dieses Kind hatte genau so einen Muff mit Puppengesicht, worüber sich beide Eltern sehr ärgerten. Die Frau, die so aussah, als sei sie schwierig und streitlustig, zog ihre Tochter fort. Rogin hatte den Eindruck, dass jedes der Kinder in seinen Muff verliebt war und das andere Kind gar nicht wahrnahm, aber es gehörte zu seinen Schwächen zu glauben, dass er in die Herzen kleiner Kinder blicken könne.

Als nächstes zog eine ausländische Familie seine Aufmerksamkeit auf sich. Er hatte den Eindruck, dass sie aus

one side the mother, quite old, dark-faced, white-haired, and worn out; on the other a son with the whitened, porous hands of a dishwasher. But what was the dwarf who sat between them – a son or a daughter? The hair was long and wavy and the cheeks smooth, but the shirt and tie were masculine. The overcoat was feminine, but the shoes – the shoes were a puzzle. A pair of brown oxfords with an outer seam like a man's, but Baby Louis heels like a woman's – a plain toe like a man's, but a strap across the instep like a woman's. No stockings. That didn't help much. The dwarf's fingers were beringed, but without a wedding band. There were small grim dents in the cheeks. The eyes were puffy and concealed, but Rogin did not doubt that they could reveal strange things if they chose and that this was a creature of remarkable understanding. He had for many years owned de la Mare's *Memoirs of a Midget*. Now he took a resolve; he would read it. As soon as he had decided, he was free from his consuming curiosity as to the dwarf's sex and was able to look at the person who sat beside him.

Thoughts very often grow fertile in the subway, because of the motion, the great company, the subtlety of the rider's state as he rattles under streets and rivers, under the foundations of great buildings, and Rogin's mind had already been strangely stimulated. Clasping the bag of groceries from which there rose odors of bread and pickle spice, he was following a train of reflections, first about the chemistry of sex determination, the X and Y chromosomes, hereditary linkages, the uterus, afterward about

Zentralamerika kamen. Auf der einen Seite die Mutter, schon ziemlich alt, dunkelhäutig, weißhaarig und verbraucht; auf der anderen Seite ein Sohn mit den weißlichen, porösen Händen eines Tellerwäschers. Aber wer war die zwergenhafte Gestalt zwischen ihnen – Sohn oder Tochter? Das Haar war lang und gewellt und die Wangen glatt, aber Hemd und Krawatte waren männlich. Der Mantel war weiblich, aber die Schuhe – die Schuhe gaben Rätsel auf: ein Paar braune Halbschuhe mit einer Längsnaht wie bei Herrenschuhen, aber mit den hohen Absätzen von Damenschuhen – einer glatten Kappe wie bei Männern, aber mit einem Riegel über dem Rist wie bei einer Frau. Keine Strümpfe. Das hieß nicht viel. An den Händen trug der Zwerg Ringe, aber keinen Ehering. Seine Wangen wiesen kleine grimmige Grübchen auf. Die Augen waren verquollen und kaum sichtbar, aber Rogin war sicher, dass sie erstaunliche Dinge offenbaren könnten, wenn sie wollten, und dass dies ein Wesen von außerordentlicher Klugheit war. Seit Jahren schon besaß er eine Ausgabe von Walter de la Mares *Erinnerungen einer Liliputanerin*. Jetzt nahm er sich vor, das Buch zu lesen. Kaum hatte er diesen Entschluss gefasst, da fiel die quälende Neugier nach der Geschlechtszugehörigkeit des Zwerges von ihm ab, und er konnte die Person betrachten, die neben ihm saß.

In der Untergrundbahn entwickelt sich oft eine blühende Phantasie: aufgrund der Bewegung, der vielen Menschen, der erhöhten Sensiblität des Fahrgasts, während er tief unter Straßen und Flussläufen, unter den Fundamenten hoher Häuser dahinrattert, und Rogins Gedanken waren ohnehin schon sonderbar lebhaft. Während er seine Einkaufstüte umklammert hielt, aus der Düfte von Brot und Essiggewürzen stiegen, folgte er zuerst einem Gedankengang über die chemische Determinierung des Geschlechts, die X- und Y-Chromosomen, Erbanlagen, den Uterus und dann über die steuerliche Absetzbarkeit seines Bruders. Er erinnerte sich

his brother as a tax exemption. He recalled two dreams of the night before. In one, an undertaker had offered to cut his hair, and he had refused. In another, he had been carrying a woman on his head. Sad dreams, both! Very sad! Which was the woman – Joan or Mother? And the undertaker – his lawyer? He gave a deep sigh, and by force of habit began to put together his synthetic albumen that was to revolutionize the entire egg industry.

Meanwhile, he had not interrupted his examination of the passengers and had fallen into a study of the man next to him. This was a man whom he had never in his life seen before but with whom he now suddenly felt linked through all existence. He was middle-aged, sturdy, with clear skin and blue eyes. His hands were clean, well formed, but Rogin did not approve of them. The coat he wore was a fairly expensive blue check such as Rogin would never have chosen for himself. He would not have worn blue suede shoes, either, or such a faultless hat, a cumbersome felt animal of a hat encircled by a high, fat ribbon. There are all kinds of dandies, not all of them are of the flaunting kind; some are dandies of respectability, and Rogin's fellow passenger was one of these. His straight-nosed profile was handsome, yet he had betrayed his gift, for he was flat-looking. But in his flat way he seemed to warn people that he wanted no difficulties with them, he wanted nothing to do with them. Wearing such blue suede shoes, he could not afford to have people treading on his feet, and he seemed to draw about himself a circle of privilege, notifying all others to mind their own business and let him read his paper. He was holding a

an zwei Träume der vergangenen Nacht. In dem einen hatte ihm ein Bestattungsunternehmer angeboten, seine Haare zu schneiden, was er abgelehnt hatte. In dem anderen hatte er eine Frau auf dem Kopf getragen. Traurige Träume, alle beide! Sehr traurig! Wer mochte die Frau gewesen sein – Joan oder seine Mutter? Und der Leichenbestatter – sein Anwalt? Er seufzte tief und machte sich, einer alten Gewohnheit folgend, daran, sein synthetisches Eiweiß zusammenzusetzen, das einmal die Eiererzeugung revolutionieren würde.

Währenddessen hatte er ununterbrochen seine Mitreisenden studiert und den Mann neben ihm einer genaueren Prüfung unterzogen. Es handelte sich um einen Menschen, den er noch nie in seinem Leben gesehen hatte, mit dem er sich aber plötzlich wie seit eh und je verbunden fühlte. Er war von mittlerem Alter, stämmig, hatte eine helle Haut und blaue Augen. Seine Hände waren gepflegt, wohlgeformt, aber Rogin mochte sie gleichwohl nicht. Er trug einen Mantel aus einem ziemlich teuren blauen Stoff mit Karomuster, wie ihn Rogin niemals kaufen würde. Er würde auch niemals blaue Wildlederschuhe tragen oder so einen tadellosen Hut, ein riesiges Filzding von einem Hut mit einem breiten, auffälligen Band. Es gibt verschiedene Arten von Dandys, und nicht alle sind von der affigen Sorte; es gibt auch gutbürgerliche Dandys, und zu denen gehörte Rogins U-Bahnnachbar. Mit seiner geraden Nase sah er im Profil gut aus, aber er hatte aus dieser natürlichen Anlage nichts gemacht, denn er wirkte flach. Und doch schien er auf seine flachgesichtige Art die anderen zu warnen, dass er mit ihnen nichts zu tun haben wollte. Da er diese blauen Wildlederschuhe trug, konnte er es sich nicht leisten, dass man ihm auf die Füße trat, und es war, als hätte er einen abwehrenden Kreis um sich gezogen, der anderen nahelegte, sich um ihre eigenen Angelegenheiten zu kümmern und ihn seine Zeitung lesen zu lassen. Er

Tribune, and perhaps it would be overstatement to say that he was reading. He was holding it.

His clear skin and blue eyes, his straight and purely Roman nose – even the way he sat – all strongly suggested one person to Rogin: Joan. He tried to escape the comparison, but it couldn't be helped. This man not only looked like Joan's father, whom Rogin detested; he looked like Joan herself. Forty years hence, a son of hers, provided she had one, might be like this. A son of hers? Of such a son, he himself, Rogin, would be the father. Lacking in dominant traits as compared with Joan, his heritage would not appear. Probably the children would resemble her. Yes, think forty years ahead, and a man like this, who sat by him knee to knee in the hurtling car among their fellow creatures, unconscious participants in a sort of great carnival of transit – such a man would carry forward what had been Rogin.

This was why he felt bound to him through all existence. What were forty years reckoned against eternity! Forty years were gone, and he was gazing at his own son. Here he was. Rogin was frightened and moved. "My son! My son!" he said to himself, and the pity of it almost made him burst into tears. The holy and frightful work of the masters of life and death brought this about. We were their instruments. We worked toward ends we thought were our own. But no! The whole thing was so unjust. To suffer, to labor, to toil and force your way through the spikes of life, to crawl through its darkest caverns, to push through the worst, to struggle under the weight of economy, to make money –

hielt eine Ausgabe der *Tribune*, aber es wäre übertrieben zu sagen, dass er darin las. Er hielt sie.

Seine helle Haut und die blauen Augen, seine gerade römische Nase, sogar die Art, wie er dasaß, erinnerten Rogin stark an eine bestimmte Person: Joan. Er versuchte diesen Vergleich zu verdrängen, aber es war nichts zu machen. Dieser Mann sah nicht nur wie Joans Vater aus, den Rogin hasste – er sah wie Joan selber aus. In vierzig Jahren könnte ihr Sohn, vorausgesetzt sie hätte einen, genauso aussehen. Ihr Sohn? Dann wäre er, Rogin, ja der Vater dieses Sohnes! Da er keine Merkmale besaß, die gegenüber denen von Joan dominant wären, würden seine Erbanlagen nicht zum Vorschein kommen. Die Kinder würden vermutlich nach ihr geraten. Ja, man musste nur mal vierzig Jahre weiterdenken, dann würde ein Mann wie der, mit dem er jetzt Knie an Knie in dem dahinschwankenden Wagen saß, inmitten all dieser Menschen, die nichtsahnende Mitwirkende in einem großen Maskenball der Vergänglichkeit waren – ein solcher Mann würde weitertragen, was einmal Rogin gewesen war.

Das also war der Grund, weshalb er sich mit ihm seit je her verbunden fühlte. Was waren schon vierzig Jahre, gemessen an der Ewigkeit! Vierzig Jahre waren vergangen, und er starrte seinen eigenen Sohn an. Da saß er. Rogin war erschrocken und gerührt. «Mein Sohn! Mein Sohn!» sagte er zu sich, und fast wäre er vor Kummer in Tränen ausgebrochen. Das heilige und furchtbare Werk der Herren über Leben und Tod bewirkte das. Wir waren ihre Werkzeuge. Wir strebten Ziele an, von denen wir glaubten, es seien unsere eigenen. Aber nein! Alles war ja so ungerecht. Da litt man und rackerte und schuftete und zwängte sich durch die Eisenstäbe des Lebens, kroch durch seine finstersten Höhlen, machte das Schlimmste durch, zappelte unter wirtschaftlichem Druck, verdiente Geld – nur um der Vater eines solchen viertklassigen Weltmannes zu

only to become the father of a fourth-rate man of the world like this, so flat-looking with his ordinary, clean, rosy, uninteresting, self-satisfied, fundamentally bourgeois face. What a curse to have a dull son! A son like this, who could never understand his father. They had absolutely nothing, but nothing, in common, he and this neat, chubby, blue-eyed man. He was so pleased, thought Rogin, with all he owned and all he did and all he was that he could hardly unfasten his lip. Look at that lip, sticking up at the tip like a little thorn or egg tooth. He wouldn't give anyone the time of day. Would this perhaps be general forty years from now? Would personalities be chillier as the world aged and grew colder? The inhumanity of the next generation incensed Rogin. Father and son had no sign to make to each other. Terrible! Inhuman! What a vision of existence it gave him. Man's personal aims were nothing, illusion. The life force occupied each of us in turn in its progress toward its own fulfillment, trampling on our individual humanity, using us for its own ends like mere dinosaurs or bees, exploiting love heartlessly, making us engage in the social process, labor, struggle for money, and submit to the law of pressure, the universal law of layers, superimposition!

What the blazes am I getting into? Rogin thought. To be the father of a throwback to *her* father. The image of this white-haired, gross, peevish, old man with his ugly selfish blue eyes revolted Rogin. This was how his grandson would look. Joan, with whom Rogin was now more and more displeased, could not help that. For her, it was inevitable. But did it have to be inevitable

werden, der so flach aussah mit seinem frisch gewaschenen, rosigen, uninteressanten, selbstzufriedenen, durch und durch bürgerlichen Dutzendgesicht. Welch ein Fluch, einen Langweiler zum Sohn zu haben! Einen Sohn wie diesen, der seinen Vater nie verstehen würde. Sie hatten nichts, aber auch rein gar nichts gemeinsam, er und dieser feine, pausbäckige Herr mit seinen blauen Augen. Der war ja so zufrieden, dachte Rogin, mit allem, was er besaß und was er tat und was er konnte, dass er kaum die Lippen auseinanderbrachte. Man sehe sich nur diese Lippe an, die in der Mitte etwas vorsteht wie ein kleiner Dorn oder ein Kükenschnabel. Der würde einen doch nicht mal grüßen. Ob das in vierzig Jahren vielleicht allgemein so wäre? Wurden die Menschen umso frostiger, je älter und kälter die Welt wurde? Die Unmenschlichkeit der nächsten Generation erzürnte Rogin. Vater und Sohn hatten einander nichts mehr zu sagen. Schrecklich! Unmenschlich! Wie tief ließ ihn das ins menschliche Dasein blicken. Die persönlichen Ziele eines Mannes waren nichts als Illusion. Die Lebensenergie ergriff von jedem einzelnen von uns Besitz auf ihrem Weg vorwärts zur Selbsterfüllung und missachtete dabei die menschliche Individualität, benutzte sie für ihre eigenen Zwecke, als wären wir Saurier oder Bienen, nutzte die Liebe gefühllos aus und zwang uns mitzumachen beim gesellschaftlichen Leben, der Arbeit, der Jagd nach Geld, und uns dem Gesetz des Drucks zu unterwerfen, dem universellen Gesetz der Überlagerung, der Unterjochung!

Worauf um alles in der Welt lasse ich mich da ein! dachte Rogin. Ich soll der Vater eines Kindes werden, das zu *ihrem* Vater zurückmutiert? Bei dem Gedanken an diesen weißhaarigen, abstoßenden, mürrischen alten Mann mit seinen hässlichen, selbstsüchtigen blauen Augen wurde Rogin ganz übel. Und so würde dessen Enkel aussehen. Joan, über die sich Rogin mehr und mehr ärgerte, konnte daran nichts ändern. Für sie war das unvermeidlich. Aber

for him? Well, then, Rogin, you fool, don't be a damned instrument. Get out of the way!

But it was too late for this, because he had already experienced the sensation of sitting next to his own son, his son and Joan's. He kept staring at him, waiting for him to say something, but the presumptive son remained coldly silent though he must have been aware of Rogin's scrutiny. They even got out at the same stop – Sheridan Square. When they stepped to the platform, the man, without even looking at Rogin, went away in a different direction in his detestable blue-checked coat, with his rosy, nasty face.

The whole thing upset Rogin very badly. When he approached Joan's door and heard Phyllis's little dog Henri barking even before he could knock, his face was very tense. I won't be used, he declared to himself. I have my own right to exist. Joan had better watch out. She had a light way of by-passing grave questions he had given earnest thought to. She always assumed no really disturbing thing would happen. He could not afford the luxury of such a carefree, debonair attitude himself, because he had to work hard and earn money so that disturbing things would *not* happen. Well, at the moment this situation could not be helped, and he really did not mind the money if he could feel that she was not necessarily the mother of such a son as his subway son or entirely the daughter of that awful, obscene father of hers. After all, Rogin was not himself so much like either of his parents, and quite different from his brother.

Joan came to the door, wearing one of Phyllis's expensive housecoats. It suited her very well. At first sight of her happy face, Rogin was brushed

war es auch für ihn unvermeidlich? Also, Rogin, du Narr, lass dich nicht benutzen. Geh dem aus dem Weg!

Aber dazu war es jetzt zu spät, denn er hatte bereits erlebt, wie es war, neben seinem Sohn zu sitzen, dem Sohn, den er von Joan hatte. Er starrte ihn weiter an und wartete darauf, dass er etwas sagte, aber der mutmaßliche Sohn schwieg abweisend, obwohl er Rogins prüfende Blicke bemerkt haben musste. Beide stiegen sogar an derselben Station aus, Sheridan Square. Als sie auf den Bahnsteig traten, ging der Mann mit seinem abscheulichen blaukarierten Mantel und seinem rosigen, widerlichen Gesicht, in eine andere Richtung, ohne Rogin zu beachten,

Der Vorfall verstörte Rogin sehr. Als er sich Joans Wohnungstür näherte und Phyllis' Hundchen, Henri, bellen hörte, noch ehe er angeklopft hatte, war sein Gesicht angespannt. Ich lasse mich nicht ausnutzen, sagte er sich. Ich habe ein Recht auf mein eigenes Dasein. Joan sollte sich lieber in acht nehmen. Sie neigte dazu, schwerwiegenden Fragen, über die er lange gegrübelt hatte, auszuweichen. Sie glaubte immer, es werde schon nichts wirklich Beunruhigendes geschehen. Den Luxus einer so sorglosen, leichtfertigen Einstellung konnte er selbst sich nicht leisten, denn er musste hart arbeiten und Geld verdienen, damit nichts Beunruhigendes geschah. Nun, daran war im Augenblick nichts zu ändern, und das Geld machte ihm weiter nichts aus, solange er sicher sein konnte, dass sie weder unausweichlich die Mutter eines solchen Sohnes werden würde wie dem aus der U-Bahn noch in jeder Beziehung die Tochter ihres furchtbaren, widerlichen Vaters war. Schließlich war Rogin selbst seinen Eltern auch nicht sehr ähnlich und ganz anders als sein Bruder.

Joan kam an die Tür. Sie trug einen von Phyllis' teuren Hausanzügen, der ihr gut stand. Als er ihr glückliches Gesicht sah, streifte ihn die Ahnung einer Ähnlichkeit.

by the shadow of resemblance; the touch of it was extremely light, almost figmentary, but it made his flesh tremble.

She began to kiss him, saying, "Oh, my baby. You're covered with snow. Why didn't you wear your hat? It's all over its little head" – her favorite third-person endearment.

"Well, let me put down this bag of stuff. Let me take off my coat," grumbled Rogin, and escaped from her embrace. Why couldn't she wait making up to him? "It's so hot in here. My face is burning. Why do you keep the place at this temperature? And that damned dog keeps barking. If you didn't keep it cooped up, it wouldn't be so spoiled and noisy. Why doesn't anybody ever walk him?"

"Oh, it's not really so hot here! You've just come in from the cold. Don't you think this housecoat fits me better than Phyllis? Especially across the hips. She thinks so, too. She may sell it to me."

"I hope not," Rogin almost exclaimed.

She brought a towel to dry the melting snow from his short black hair. The flurry of rubbing excited Henri intolerably, and Joan locked him up in the bedroom, where he jumped persistently against the door with a rhythmic sound of claws on the wood.

Joan said, "Did you bring the shampoo?"

"Here it is."

"Then I'll wash your hair before dinner. Come."

"I don't want it washed."

"Oh, come on," she said, laughing.

Her lack of consciousness of guilt amazed

Die Berührung war nur flüchtig, fast unwirklich, aber sie ließ ihn erzittern.

Sie bestürmte ihn mit Küssen und rief: «Oh, mein kleiner Liebling! Du bis ja ganz schneebedeckt! Warum hast du keinen Hut aufgesetzt? Sein armes Köpfchen ist ganz nass!» – Ihre Zärtlichkeiten äußerte sie gern in der dritten Person.

«Nun lass mich doch erst mal die Einkaufstüte abstellen und den Mantel ausziehen», brummte Rogin und entzog sich ihrer Umarmung. Warum konnte sie nicht damit warten, ihn zu umschmusen? «Es ist hier so warm. Mein Gesicht brennt. Warum heizt Ihr denn hier dermaßen stark? Und dass dieser Köter unaufhörlich bellt! Wenn man ihn nicht immerzu einsperrte, wäre er nicht so verzogen und laut. Warum geht niemand mit ihm spazieren?»

«Ach, so warm ist es hier doch gar nicht. Das glaubst du nur, weil du aus der Kälte kommst. Findest du nicht, dass mir dieser Hausanzug besser passt als Phyllis? Vor allem über den Hüften. Sie findet das auch. Vielleicht verkauft sie ihn mir.»

«Hoffentlich nicht.» Fast hätte Rogin es laut gerufen.

Sie holte ein Handtuch, um sein kurzes schwarzes Haar, auf dem der Schnee schmolz, zu trocknen. Das Rubbeln versetzte Henri in unerträgliche Erregung, und Joan sperrte ihn ins Schlafzimmer, wo er in einem fort an der Tür hochsprang und mit seinen Krallen rhythmisch an das Holz schlug.

Joan fragte: «Hast du das Shampoo mitgebracht?»

«Hier ist es.»

«Dann werde ich dir vor dem Essen noch die Haare waschen. Komm.»

«Ich will sie aber nicht gewaschen haben.»

«Na, komm schon», sagte sie lachend.

Ihr Mangel an Schuldbewusstsein erstaunte ihn. Er ver-

him. He did not see how it could be. And the carpeted, furnished, lamplit, curtained room seemed to stand against his vision. So that he felt accusing and angry, his spirit sore and bitter, but it did not seem fitting to say why. Indeed, he began to worry lest the reason for it all slip away from him.

They took off his coat and his shirt in the bathroom, and she filled the sink. Rogin was full of his troubled emotions; now that his chest was bare he could feel them even more and he said to himself, I'll have a thing or two to tell her pretty soon. I'm not letting them get away with it. "Do you think," he was going to tell her, "that I alone was made to carry the burden of the whole world on me? Do you think I was born to be taken advantage of and sacrificed? Do you think I'm just a natural resource, like a coal mine, or oil well, or fishery, or the like? Remember, that I'm a man is no reason why I should be loaded down. I have a soul in me no bigger or stronger than yours.

"Take away the externals like the muscles, deeper voice, and so forth, and what remains? A pair of spirits, practically alike. So why shouldn't there also be equality? I can't always be the strong one."

"Sit here," said Joan, bringing up a kitchen stool to the sink. "Your hair's gotten all matted."

He sat with his breast against the cool enamel, his chin on the edge of the basin, the green, hot, radiant water reflecting the glass and the tile, and the sweet, cool, fragrant juice of the shampoo poured on his head. She began to wash him.

"You have the healthiest-looking scalp," she said. "It's all pink."

stand das einfach nicht. Auch das erleuchtete Zimmer mit seinem Teppich, den Möbeln, den Vorhängen schien seiner Vision zu widersprechen. Er empfand sich als vorwurfsvoll und zornig, gekränkt und bitter, aber es schien unpassend, den Grund dafür zu nennen. Ja, er befürchtete schon, ihm könnte der Grund entgleiten.

Im Badezimmer half sie ihm, sein Jackett und das Hemd auszuziehen, und ließ Wasser ins Waschbecken laufen. Rogin war erfüllt von seinen beunruhigenden Gedanken; jetzt, da seine Brust entblößt war, fühlte er sie noch deutlicher und dachte: Ich werde ihr bald ein paar Dinge sagen müssen. Das lasse ich ihnen nicht einfach durchgehen. «Glaubst du etwa», würde er zu ihr sagen, «dass ich dafür geschaffen bin, die Last der Welt alleine auf mich zu nehmen? Glaubst du, dass ich geboren wurde, damit ich mich aufopfere und ausnutzen lasse? Glaubst du, dass ich nichts weiter als ein Rohstofflieferant bin so wie ein Bergwerk oder eine Ölquelle oder ein fischreiches Gewässer oder dergleichen? Glaub nur nicht, dass man alles auf mir abladen kann, nur weil ich ein Mann bin. Meine Seele ist weder größer noch stärker als deine.

Lassen wir mal Äußerlichkeiten wie Muskeln, eine tiefere Stimme und so weiter beiseite, was bleibt dann übrig? Zwei im Grunde gleichartige Seelen. Warum sollte es also keine Gleichberechtigung geben? Ich kann nicht immer der Stärkere sein.»

«Setz dich da hin», sagte Joan und stellte einen Küchenhocker ans Waschbecken. «Dein Haar ist ganz verfilzt.»

Er lehnte sich mit der Brust gegen das kühle Email, sein Kinn auf den Rand des Beckens gestützt, das grüne, heiße, helle Wasser reflektierte den Spiegel und die Kacheln, und die milde, kühle, duftende Shampooflüssigkeit rann über seinen Kopf. Joan begann ihn zu waschen.

«Du hast eine gesunde Kopfhaut», sagte sie. «Sie sieht ganz rosig aus.»

He answered, "Well, it should be white. There must be something wrong with me."

"But there's absolutely nothing wrong with you," she said, and pressed against him from behind, surrounding him, pouring the water gently over him until it seemed to him that the water came from within him, it was the warm fluid of his own secret loving spirit overflowing into the sink, green and foaming, and the words he had rehearsed he forgot, and his anger at his son-to-be disappeared altogether, and he sighed, and said to her from the water-filled hollow of the sink, "You always have such wonderful ideas, Joan. You know? You have a kind of instinct, a regular gift."

Er erwiderte: «Sie sollte aber weiß sein. Irgendetwas stimmt nicht mit mir.»

«Mit dir ist alles ganz in Ordnung», sagte sie und lehnte sich von hinten an ihn, umfing ihn, goss behutsam Wasser über ihn, bis er das Gefühl hatte, als komme das Wasser aus seinem Innern, als sei es die warme Flüssigkeit seiner innersten Liebe, die in das Waschbecken strömte, grün und schäumend, und die Worte, die er sich zurechtgelegt hatte, waren vergessen, und zugleich verrauchte sein Zorn auf den künftigen Sohn, und er seufzte und sagte zu ihr aus der Mulde des wassergefüllten Beckens: «Du hast immer solch wundervolle Einfälle, Joan, weißt du. Du hast so eine Art von Instinkt, eine wahre Naturbegabung.»

Truman Capote: Miriam

For several years, Mrs H. T. Miller had lived alone in a pleasant apartment (two rooms with kitchenette) in a remodeled brownstone near the East River. She was a widow: Mr H. T. Miller had left a reasonable amount of insurance. Her interests were narrow, she had no friends to speak of, and she rarely journeyed farther than the corner grocery. The other people in the house never seemed to notice her: her clothes were matter-of-fact, her hair iron-gray, clipped and casually waved; she did not use cosmetics, her features were plain and inconspicuous, and on her last birthday she was sixty-one. Her activities were seldom spontaneous: she kept the two rooms immaculate, smoked an occasional cigarette, prepared her own meals and tended a canary.

Then she met Miriam. It was snowing that night. Mrs Miller had finished drying the supper dishes and was thumbing through an afternoon paper when she saw an advertisement of a picture playing at a neighborhood theater. The title sounded good, so she struggled into her beaver coat, laced her galoshes and left the apartment, leaving one light burning in the foyer: she found nothing more disturbing than a sensation of darkness.

The snow was fine, falling gently, not yet making an impression on the pavement. The wind from the river cut only at street crossings. Mrs Miller hurried, her head bowed, oblivious as a mole burrowing a blind path. She

Truman Capote: Miriam

Mehrere Jahre lang hatte Mrs H. T. Miller allein in ihrer gemütlichen Wohnung (zwei Zimmer mit kleiner Küche) in einem umgebauten Sandstein-Haus nahe am East River gewohnt. Sie war Witwe: Mr H. T. Miller hatte ihr einen angemessenen Versicherungsbetrag hinterlassen. Ihre Interessen waren beschränkt, sie hatte keine erwähnenswerten Freunde und wanderte selten weiter als bis zum Lebensmittelgeschäft an der Ecke. Die andern Leute im Haus nahmen anscheinend niemals Notiz von ihr: ihre Kleider waren nüchtern, ihr Haar eisgrau, kurz geschnitten und nachlässig onduliert; sie gebrauchte keine Kosmetik, ihre Züge waren schlicht und unauffällig, und an ihrem letzten Geburtstag war sie einundsechzig geworden. Sie handelte selten spontan; sie hielt ihre beiden Zimmer tadellos, rauchte ab und zu eine Zigarette, bereitete sich selbst ihre Mahlzeiten und pflegte ihren Kanarienvogel.

Dann traf sie Miriam. Es schneite an jenem Abend. Mrs Miller war fertig mit dem Abtrocknen ihres Abendbrotgeschirrs und blätterte eine Nachmittagszeitung durch, in der sie einen Film angekündigt sah, der in einem Kino in der Nachbarschaft lief. Der Titel klang gut, also zog sie ihren Biberpelz über, schnürte ihre Galoschen zu und verließ die Wohnung; sie ließ im Flur eine Lampe brennen; nichts machte sie nervöser als das Gefühl der Dunkelheit.

Der Schnee war fein, er fiel sacht herab und hinterließ noch keine Spuren auf dem Pflaster. Der Wind vom Fluss her war nur an den Straßenkreuzungen zu spüren. Mrs Miller eilte mit gesenktem Kopf dahin, unbeirrt wie ein Maulwurf, der sich blind seinen Weg gräbt. Sie hielt

stopped at a drugstore and bought a package of peppermints.

A long line stretched in front of the box office; she took her place at the end. There would be (a tired voice groaned) a short wait for all seats. Mrs Miller rummaged in her leather handbag till she collected exactly the correct change for admission. The line seemed to be taking its own time and, looking around for some distraction, she suddenly became conscious of a little girl standing under the edge of the marquee.

Her hair was the longest and strangest Mrs Miller had ever seen: absolutely silver-white, like an albino's. It flowed waist-length in smooth, loose lines. She was thin and fragilely constructed. There was a simple, special elegance in the way she stood with her thumbs in the pockets of a tailored plum-velvet coat.

Mrs Miller felt oddly excited, and when the little girl glanced toward her, she smiled warmly. The little girl walked over and said, "Would you care to do me a favor?"

"I'd be glad to, if I can," said Mrs Miller.

"Oh, it's quite easy. I merely want you to buy a ticket for me; they won't let me in otherwise: Here, I have the money." And gracefully she handed Mrs Miller two dimes and a nickel.

They went into the theater together. An usherette directed them to a lounge; in twenty minutes the picture would be over.

"I feel just like a genuine criminal," said Mrs Miller gaily, as she sat down. "I mean that sort of thing's against the law, isn't it? I do hope I haven't done the wrong thing. Your mother

bei einem Drugstore inne und kaufte sich ein Päckchen Pfefferminzbonbons.

Vor der Kasse stand eine lange Schlange; Mrs Miller nahm ihren Platz am Ende ein. Wahrscheinlich (so brummte eine müde Stimme) würde man für alle Plätze ein wenig warten müssen. Mrs Miller kramte in ihrer ledernen Handtasche, bis sie genau die richtigen Münzen für das Eintrittsgeld fand. Die Schlange schien sich Zeit zu lassen, und als sich Mrs Miller, Abwechslung suchend, umsah, bemerkte sie plötzlich ein kleines Mädchen, das unter dem Rand der Markise stand.

Sie hatte das längste und eigenartigste Haar, das Mrs Miller je gesehen hatte: vollkommen silberweiß, wie bei einem Albino. Es floss in glatten, lockeren Linien bis zur Taille. Sie war dünn und zart gebaut. Eine schlichte, besondere Vornehmheit war in der Art, wie sie dastand, die Daumen in den Taschen eines nach Maß gearbeiteten pflaumenblauen Samtmantels.

Mrs Miller empfand eine merkwürdige Erregung, und als das kleine Mädchen zu ihr hinsah, lächelte sie warm. Das Kind kam herüber und sagte: «Würden Sie mir wohl einen Gefallen tun?»

«Aber gern, wenn ich kann», sagte Mrs Miller.

«Oh, es ist ganz leicht. Ich möchte nur, dass Sie mir eine Eintrittskarte kaufen; sonst lassen sie mich nicht hinein. Hier, das Geld habe ich.» Und anmutig überreichte sie Mrs Miller zwei Zehncentstücke und einen Fünfer.

Sie gingen zusammen in das Kino. Eine Platzanweiserin führte sie in einen Vorraum; in zwanzig Minuten würde der Film zu Ende sein.

«Ich komme mir wie ein richtiger Verbrecher vor», sagte Mrs Miller heiter, als sie sich setzten. «Ich meine, so etwas ist ungesetzlich, nicht wahr? Ich hoffe, ich habe nichts Verkehrtes getan. Weiß deine Mutter,

knows where you are, dear? I mean she does, doesn't she?"

The little girl said nothing. She unbuttoned her coat and folded it across her lap. Her dress underneath was prim and dark blue. A gold chain dangled about her neck, and her fingers, sensitive and musical-looking, toyed with it. Examining her more attentively, Mrs Miller decided the truly distinctive feature was not her hair, but her eyes; they were hazel, steady, lacking any childlike quality whatsoever and, because of their size, seemed to consume her small face.

Mrs Miller offered a peppermint. "What's your name, dear?"

"Miriam," she said, as though, in some curious way, it were information already familiar.

"Why, isn't that funny – my name's Miriam, too. And it's not a terribly common name either. Now, don't tell me your last name's Miller!"

"Just Miriam."

"But isn't that funny?"

"Moderately," said Miriam, and rolled the peppermint on her tongue.

Mrs Miller flushed and shifted uncomfortably.

"You have such a large vocabulary for such a little girl."

"Do I?"

"Well, yes," said Mrs Miller, hastily changing the topic to: "Do you like the movies?"

"I really wouldn't know," said Miriam. "I've never been before."

Women began filling the lounge; the rumble of the newsreel bombs exploded in the distance. Mrs Miller rose, tucking her purse under her

wo du bist, Herzchen? Ich meine, sie weiß es doch, nicht wahr?»

Das kleine Mädchen sagte nichts. Sie knöpfte ihren Mantel auf und faltete ihn über ihrem Schoß. Das Kleid darunter war fein und dunkelblau. Eine goldene Kette hing an ihrem Hals, und ihre Finger – sie sahen empfindsam und musikalisch aus – spielten damit. Während Mrs Miller sie aufmerksam musterte, kam sie zu dem Schluss, dass ihr wirklich charakteristisches Merkmal nicht das Haar, sondern die Augen waren; sie waren nussbraun, stetig, ohne die geringste Spur von Kindlichkeit, und schienen – so groß waren sie – das kleine Gesicht aufzuzehren.

Mrs Miller bot ihr ein Pfefferminzbonbon an: «Wie heißt du denn, Herzchen?»

«Miriam», sagte sie, als sei das eine auf irgendeine sonderbare Art bereits bekannte Auskunft.

«Oh – ist das nicht drollig – ich heiße ebenfalls Miriam. Dabei ist das gar kein so furchtbar gebräuchlicher Name. Nun sag mir nur nicht, dass dein Nachname Miller ist!»

«Bloß Miriam.»

«Aber ist das nicht eigenartig?»

«Nicht übermäßig», sagte Miriam und rollte das Pfefferminzbonbon auf der Zunge.

Mrs Miller errötete und rutschte unbehaglich hin und her.

«Du hast einen recht großen Wortschatz für ein kleines Mädchen.»

«So?»

«Nun ja», sagte Mrs Miller und wechselte dann eilig das Thema: «Gehst du gern ins Kino?»

«Das weiß ich wirklich noch nicht», sagte Miriam. «Ich bin noch nie in einem gewesen.»

Die Vorhalle füllte sich langsam mit Frauen; dann dröhnten Wochenschaubomben, die in der Ferne explodierten. Mrs Miller stand auf, schob die Handtasche unter den Arm.

arm. “I guess I’d better be running now if I want to get a seat,” she said. “It was nice to have met you.”

Miriam nodded ever so slightly.

It snowed all week. Wheels and footsteps moved soundlessly on the street, as if the business of living continued secretly behind a pale but impenetrable curtain. In the falling quiet there was no sky or earth, only snow lifting in the wind, frosting the window glass, chilling the rooms, deadening and hushing the city. At all hours it was necessary to keep a lamp lighted, and Mrs Miller lost track of the days: Friday was no different from Saturday and on Sunday she went to the grocery: closed, of course.

That evening she scrambled eggs and fixed a bowl of tomato soup. Then, after putting on a flannel robe and cold-creaming her face, she propped herself up in bed with a hot-water bottle under her feet. She was reading the *Times* when the doorbell rang. At first she thought it must be a mistake and whoever it was would go away. But it rang and rang and settled to a persistent buzz. She looked at the clock : a little after eleven; it did not seem possible, she was always asleep by ten.

Climbing out of bed, she trotted barefoot across the living room. “I’m coming, please be patient.” The latch was caught; she turned it this way and that way and the bell never paused an instant. “Stop it,” she cried. The bolt gave way and she opened the door an inch. “What in heaven’s name?”

“Hello,” said Miriam.

«Ich glaube, ich beeile mich jetzt lieber, wenn ich einen Sitzplatz haben will», sagte sie. «Es war nett, dich kennenzulernen.»

Miriam nickte ungemein nachlässig.

Es schneite die ganze Woche. Räder und Schritte bewegten sich lautlos auf der Straße, als liefe das tätige Leben heimlich weiter hinter einem blassen, aber undurchdringlichen Vorhang. In der Stille, die sich auf alles senkte, gab es weder Himmel noch Erde, nur Schnee, den der Wind emporwehte, der das Fensterglas mit Eis überzog; die Zimmer auskühlte, die Stadt reglos und still werden ließ. Den ganzen Tag über musste man die Lampen brennen lassen, und Mrs Miller verlor die Tage aus den Augen: der Freitag unterschied sich nicht vom Samstag, und am Sonntag ging sie zum Lebensmittelgeschäft: natürlich geschlossen.

An jenem Abend machte sie sich Rührei und kochte einen Teller Tomatensuppe. Nachdem sie einen flanellenen Morgenrock angezogen hatte, cremte sie sich das Gesicht ein und machte es sich mit einer Wärmflasche unter den Füßen im Bett bequem. Sie las die *New York Times*, als die Türglocke anschlug. Zuerst dachte sie, es sei ein Irrtum, und wer da auch klingelte, würde weggehen. Aber es läutete und läutete und ging in ein beharrliches Schrillen über. Sie sah nach der Uhr: kurz nach elf; es schien ihr unmöglich, sie schlief immer schon um zehn.

Sie kletterte aus dem Bett und trabte barfuß durch das Wohnzimmer. «Ich komme, bitte gedulden Sie sich!» Das Schloss klemmte; sie drehte den Knopf hin und her, und die Klingel setzte nicht einen Augenblick aus. «Hören Sie auf!» rief sie. Das Schloss gab nach, und sie machte die Tür ein paar Zentimeter auf. «Was um Himmelswillen…?»

«Hallo», sagte Miriam.

"Oh... why, hello," said Mrs Miller, stepping hesitantly into the hall. "You're that little girl."

"I thought you'd never answer, but I kept my finger on the button; I knew you were home. Aren't you glad to see me?"

Mrs Miller did not know what to say. Miriam, she saw, wore the same plum-velvet coat and now she had also a beret to match; her white hair was braided in two shining plaits and looped at the ends with enormous white ribbons.

"Since I've waited so long, you could at least let me in," she said.

"It's awfully late..."

Miriam regarded her blankly. "What difference does that make? Let me in. It's cold out here and I have on a silk dress." Then, with a gentle gesture, she urged Mrs Miller aside and passed into the apartment.

She dropped her coat and beret on a chair. She was indeed wearing a silk dress. White silk. White silk in February. The skirt was beautifully pleated and the sleeves long; it made a faint rustle as she strolled about the room. "I like your place," she said. "I like the rug, blue's my favorite color." She touched a paper rose in a vase on the coffee table. "Imitation," she commented wanly. "How sad. Aren't imitations sad?" She seated herself on the sofa, daintily spreading her skirt.

"What do you want?" asked Mrs Miller.

"Sit down," said Miriam. "It makes me nervous to see people stand."

Mrs Miller sank to a hassock. "What do you want?" she repeated.

"You know, I don't think you're glad I came."

«Oh... ach so... hallo», sagte Mrs Miller und trat zögernd ins Treppenhaus. «Du bist dieses kleine Mädchen.»

«Ich dachte, Sie würden überhaupt nicht aufmachen, aber ich ließ den Finger auf der Klingel; ich wusste, dass Sie zu Hause sind. Freuen Sie sich nicht, mich zu sehen?»

Mrs Miller wusste nichts zu sagen. Miriam trug, wie sie sah, denselben pflaumenblauen Samtmantel, und jetzt hatte sie auch eine dazu passende Mütze; ihr weißes Haar war in zwei glänzende Zöpfe geflochten und am Ende mit riesigen weißen Schleifen zusammengebunden.

«Nachdem ich so lange gewartet habe, könnten Sie mich wenigstens hineinlassen», sagte sie.

«Es ist schrecklich spät.»

Miriam musterte sie unbeeindruckt. «Was macht das aus? Lassen Sie mich hinein. Hier draußen ist es kalt, und ich habe ein seidenes Kleid an.» Dann schob sie mit sanfter Gebärde Mrs Miller zur Seite und ging an ihr vorbei in die Wohnung.

Sie ließ Mantel und Mütze auf einen Stuhl fallen. Wirklich, sie trug ein seidenes Kleid. Weiße Seide. Weiße Seide im Februar. Der Rock war schön gefältelt und die Ärmel lang; es raschelte leise, als sie im Zimmer umherging. «Ihre Wohnung gefällt mir», sagte sie. «Den Teppich mag ich besonders. Blau ist meine Lieblingsfarbe.» Sie berührte eine Papierrose in einer Vase auf dem Kaffeetisch. «Imitation», sagte sie mit gezwungenem Lächeln. «Wie traurig. Sind Imitationen nicht traurig?» Sie setzte sich aufs Sofa; ihren Rock zierlich ausbreitend.

«Was willst du?» fragte Mrs Miller.

«Setzen Sie sich», sagte Miriam. «Es macht mich nervös, die Leute stehen zu sehen.»

Frau Miller sank auf einen Puff. «Was willst du?» wiederholte sie.

«Nun, Sie freuen sich wohl gar nicht, mich zu sehen.»

For a second time Mrs Miller was without an answer; her hand motioned vaguely. Miriam giggled and pressed back on a mound of chintz pillows. Mrs Miller observed that the girl was less pale than she remembered; her cheeks were flushed.

"How did you know where I lived?"

Miriam frowned. "That's no question at all. What's your name? What's mine?"

"But I'm not listed in the phone book."

"Oh, let's talk about something else."

Mrs Miller said, "Your mother must be insane to let a child like you wander around at all hours of the night – and in such ridiculous clothes. She must be out of her mind."

Miriam got up and moved to a corner where a covered bird cage hung from a ceiling chain. She peeked beneath the cover. "It's a canary," she said. "Would you mind if I woke him? I'd like to hear him sing."

"Leave Tommy alone," said Mrs Miller, anxiously. "Don't you dare wake him."

"Certainly," said Miriam. "But I don't see why I can't hear him sing." And then, "Have you anything to eat? I'm starving! Even milk and a jam sandwich would be fine."

"Look," said Mrs Miller, arising from the hassock, "look – if I make some nice sandwiches will you be a good child and run along home? It's past midnight, I'm sure."

"It's snowing," reproached Miriam. "And cold and dark."

"Well, you shouldn't have come here to begin with," said Mrs Miller, struggling to control her voice. "I can't help the weather. If you

Zum zweiten Mal fiel Mrs Miller keine Antwort ein; sie machte eine ungewisse Handbewegung. Miriam kicherte und drückte sich in einen Berg von Chintzkissen. Mrs Miller bemerkte, dass das Mädchen nicht so blass war, wie sie es in der Erinnerung hatte; ihre Wangen waren erhitzt.

«Wieso wusstest du, wo ich wohne?»

Miriam runzelte die Stirn. «Das ist doch gar keine Frage! Wie ist denn Ihr Name? Und wie ist meiner?»

«Aber ich stehe nicht im Telefonbuch.»

«Oh, wir wollen lieber von etwas anderem sprechen.»

Mrs Miller sagte: «Deine Mutter muss ja von Sinnen sein, dass sie ein Kind wie dich so spät in der Nacht herumlaufen lässt – und in so lächerlichen Kleidern. Sie muss den Verstand verloren haben.»

Miriam stand auf und ging in die Ecke, wo ein zugedeckter Käfig an einer Kette von der Decke herabhing. Sie lugte unter das Tuch. «Es ist ein Kanarienvogel», sagte sie. «Haben Sie etwas dagegen, dass ich ihn wecke? Ich würde ihn gern singen hören.»

«Lass Tommy in Ruhe», sagte Mrs Miller gereizt. «Untersteh dich nicht, ihn zu wecken.»

«Schon gut», sagte Miriam. «Aber ich sehe nicht ein, warum ich ihn nicht singen hören soll.» Und dann: «Haben Sie nicht irgend etwas zu essen? Ich habe Hunger! Sogar Milch und ein Marmeladebrot wären mir recht.»

«Hör zu», sagte Mrs Miller und erhob sich von dem Puff, «wenn ich dir jetzt ein paar Brote mache – wirst du dann ein gutes Kind sein und rasch nach Hause laufen? Es ist sicher Mitternacht vorbei.»

«Es schneit», sagte Miriam vorwurfsvoll. «Und es ist kalt und dunkel.»

«Nun, du hättest gar nicht erst herkommen sollen», sagte Mrs Miller, bemüht, ihre Stimme zu beherrschen. «Ich kann das Wetter nicht ändern. Wenn du etwas zu

want anything to eat you'll have to promise to leave."

Miriam brushed a braid against her cheek. Her eyes were thoughtful, as if weighing the proposition. She turned toward the bird cage. "Very well," she said, "I promise."

How old is she? Ten? Eleven? Mrs Miller, in the kitchen, unsealed a jar of strawberry preserves and cut four slices of bread. She poured a glass of milk and paused to light a cigarette. *And why has she come?* Her hand shook as she held the match, fascinated, till it burned her finger. The canary was singing; singing as he did in the morning and at no other time. "Miriam," she called, "Miriam, I told you not to disturb Tommy." There was no answer. She called again; all she heard was the canary. She inhaled the cigarette and discovered she had lighted the cork-tip end and – oh, really, she mustn't lose her temper.

She carried the food in on a tray and set it on the coffee table. She saw first that the bird cage still wore its night cover. And Tommy was singing. It gave her a queer sensation. And no one was in the room. Mrs Miller went through an alcove leading to her bedroom; at the door she caught her breath.

"What are you doing?" she asked.

Miriam glanced up and in her eyes there was a look that was not ordinary. She was standing by the bureau, a jewel case opened before her. For a minute she studied Mrs Miller, forcing their eyes to meet, and she smiled. "There's nothing good here," she said. "But I like this." Her hand held a cameo brooch. "It's charming."

essen haben willst, musst du mir versprechen, wegzugehen.»

Miriam rieb sich mit einem Zopf die Wange. Ihre Augen waren nachdenklich, als prüfe sie einen Vorschlag. Sie wandte sich nach dem Käfig um. «Also gut», sagte sie, «ich verspreche es Ihnen.»

Wie alt ist sie? Zehn? Elf? Mrs Miller machte in der Küche ein Glas Erdbeermarmelade auf und schnitt vier Scheiben Brot ab. Sie goss einen Becher voll Milch und hielt inne, um sich eine Zigarette anzuzünden. *Und warum ist sie gekommen?* Ihre Hand zitterte, während sie selbstvergessen das Streichholz hielt, bis es ihr die Finger verbrannte. Der Kanarienvogel sang und sang, wie er morgens und zu keiner andern Zeit zu singen pflegte. «Miriam», rief sie, «Miriam, ich habe dir doch gesagt, du sollst Tommy nicht stören!» Es kam keine Antwort: Sie rief nochmals; nur der Kanarienvogel war zu hören. Sie sog den Rauch der Zigarette ein und entdeckte, dass sie die Seite mit dem Korkmundstück angesteckt hatte und – oh, wirklich, sie durfte nicht die Fassung verlieren!

Sie trug das Essen auf einem Tablett hinein und setzte es auf den Kaffeetisch. Als erstes sah sie, dass der Vogelkäfig noch seine nächtliche Decke trug. Und Tommy sang! Es kam ihr merkwürdig vor. Und niemand war im Zimmer. Mrs Miller ging durch den Alkoven, der in ihr Schlafzimmer führte; an der Tür hielt sie den Atem an.

«Was tust du da?» fragte sie.

Miriam schaute auf, und in ihren Augen war ein ungewöhnlicher Blick. Sie stand bei der Kommode, vor ihr eine offene Schmuckkassette. Eine Minute musterte sie Mrs Miller, zwang ihre Augen, den ihren zu begegnen, und lächelte. «Es ist nichts Gutes dabei», sagte sie, «aber dies hier gefällt mir.» Sie hielt eine Kameenbrosche in der Hand: «Das ist reizend.»

"Suppose – perhaps you'd better put it back," said Mrs Miller, feeling suddenly the need of some support. She leaned against the door frame; her head was unbearably heavy; a pressure weighted the rhythm of her heartbeat. The light seemed to flutter defectively. "Please, child – a gift from my husband…"

"But it's beautiful and I want it," said Miriam. *"Give it to me."*

As she stood, striving to shape a sentence which would somehow save the brooch, it came to Mrs Miller there was no one to whom she might turn; she was alone; a fact that had not been among her thoughts for a long time. Its sheer emphasis was stunning. But here in her own room in the hushed snow-city were evidences she could not ignore or, she knew with startling clarity, resist.

Miriam ate ravenously, and when the sandwiches and milk were gone, her fingers made cobweb movements over the plate, gathering crumbs. The cameo gleamed on her blouse, the blonde profile like a trick reflection of its wearer. "That was very nice," she sighed, "though now an almond cake or a cherry would be ideal. Sweets are lovely, don't you think?"

Mrs Miller was perched precariously on the hassock, smoking a cigarette. Her hair net had slipped lopsided and loose strands straggled down her face. Her eyes were stupidly concentrated on nothing and her cheeks were mottled in red patches, as though a fierce slap had left permanent marks.

"Is there a candy – a cake?"

«Wie wäre es... vielleicht legst du es lieber wieder zurück», sagte Mrs Miller; plötzlich empfand sie das Bedürfnis, sich zu stützen. Sie lehnte sich an den Türrahmen; ihr Kopf war unerträglich schwer; ein Druck belastete den Rhythmus ihres Herzschlages. Das Licht schien mangelhaft und flackernd. «Bitte; Kind – ein Geschenk von meinem Mann...»

«Aber es ist schön, und ich will es haben», sagte Miriam. *«Geben Sie es mir.»*

Während Mrs Miller dastand und versuchte, einen Satz zu finden, der ihr die Brosche rettete, kam ihr der Gedanke, dass sie niemanden hatte, an den sie sich wenden konnte: sie war allein; eine Tatsache, an die sie lange nicht gedacht hatte. Niederschmetternd schon dadurch, dass sie ihr nur bewusst wurde. Aber hier in ihrem eigenen Zimmer in der stummen Schneestadt war sie so augenscheinlich, dass sie sie weder übersehen noch – das war ihr erschreckend klar bewusst – ihr widerstehen konnte.

Miriam aß heißhungrig, und als die Brote und die Milch verzehrt waren, bewegten sich ihre Finger wie Spinnweben über den Teller, die Krumen sammelnd. Die Kamee schimmerte auf ihrer Bluse, das blonde Profil darauf wie ein täuschendes Spiegelbild seiner Trägerin. «Das war fein», seufzte sie, «aber jetzt wäre Mandelkuchen oder Kirschen ganz herrlich. Süßigkeiten sind was Feines, meinen Sie nicht auch?»

Mrs Miller hockte auf dem Kissen, unschlüssig, was sie tun sollte, und rauchte eine Zigarette. Ihr Haarnetz war verrutscht, und lose Strähnen hingen ihr unordentlich ins Gesicht. Mit leerem Blick starrte sie vor sich hin, und auf ihren Wangen waren lauter rote Flecken, als hätte ein scharfer Schlag dauernde Spuren hinterlassen.

«Ist nichts Süßes da – kein Kuchen?»

Mrs Miller tapped ash on the rug. Her head swayed slightly as she tried to focus her eyes. "You promised to leave if I made the sandwiches," she said.

"Dear me, did I?"

"It was a promise and I'm tired and I don't feel well at all."

"Mustn't fret," said Miriam. "I'm only teasing."

She picked up her coat, slung it over her arm, and arranged her beret in front of a mirror. Presently she bent close to Mrs Miller and whispered, "Kiss me good night."

"Please – I'd rather not," said Mrs Miller.

Miriam lifted a shoulder, arched an eyebrow. "As you like," she said, and went directly to the coffee table, seized the vase containing the paper roses, carried it to where the hard surface of the floor lay bare, and hurled it downward. Glass sprayed in all directions and she stamped her foot on the bouquet.

Then slowly she walked to the door, but before closing it she looked back at Mrs Miller with a slyly innocent curiosity.

Mrs Miller spent the next day in bed, rising once to feed the canary and drink a cup of tea; she took her temperature and had none, yet her dreams were feverishly agitated; their unbalanced mood lingered even as she lay staring wide-eyed at the ceiling. One dream threaded through the others like an elusively mysterious theme in a complicated symphony, and the scenes it depicted were sharply outlined, as though sketched by a hand of gifted intensity: a small girl, wearing a bridal gown and a wreath of leaves, led a gray pro-

Mrs Miller klopfte die Asche auf den Teppich. Ihr Kopf schwankte ein wenig, als sie versuchte, ihren Blick auf einen Punkt zu sammeln. «Du hast mir versprochen, wegzugehen, wenn ich dir Sandwiches mache», sagte sie.

«Ach nein – hab ich das wirklich?»

«Es war ein Versprechen, und ich bin müde und fühle mich gar nicht wohl.»

«Machen Sie sich nichts draus», sagte Miriam. «Ich wollte Sie nur necken.»

Sie nahm ihren Mantel, schlang ihn über den Arm und setzte vor dem Spiegel ihre Mütze zurecht. Plötzlich beugte sie sich dicht zu Mrs Miller herunter und flüsterte: «Geben Sie mir einen Gutenachtkuss!»

«Bitte – das möchte ich lieber nicht», sagte Mrs Miller.

Miriam hob ein wenig die Schulter, zog eine Braue hoch. «Wie Sie wollen», sagte sie; ging geradenwegs zum Kaffeetisch, ergriff die Vase mit den Papierrosen, trug sie dorthin, wo die harte Fläche des Fußbodens unbedeckt war, und schmetterte sie hin. Das Glas sprühte nach allen Seiten, und sie stampfte mit dem Fuß auf den Strauß.

Dann ging sie langsam zur Tür, aber ehe sie sie schloss, sah sie mit schlauer kindlicher Neugier zurück auf Mrs Miller.

Mrs Miller verbrachte den nächsten Tag im Bett, stand nur einmal auf, um den Kanarienvogel zu füttern und eine Tasse Tee zu trinken; sie maß ihre Temperatur und hatte keine, dennoch waren ihre Träume fiebrig lebendig; ihre unausgeglichene Stimmung hielt sogar an, als sie dalag und mit großen Augen zur Decke starrte. Ein Traum zog sich wie ein Faden durch die anderen, dem nicht greifbaren geheimnisvollen Thema einer verwirrenden Symphonie gleich, und die Bilder, die er malte, waren scharf umrissen, als habe sie eine mit Eindringlichkeit begnadete Hand hingeworfen: ein kleines Mädchen, das ein Brautkleid und

cession down a mountain path, and among them there was unusual silence till a woman at the rear asked, "Where is she taking us?" "No one knows," said an old man marching in front. "But isn't she pretty?" volunteered a third voice. "Isn't she like a frost flower... so shining and white?"

Tuesday morning she woke up feeling better; harsh slats of sunlight, slanting through Venetian blinds, shed a disrupting light on her unwholesome fancies. She opened the window to discover a thawed, mild-as-spring day; a sweep of clean new clouds crumpled against a vastly blue, out-of-season sky; and across the low line of rooftops she could see the river and smoke curving from tugboat stacks in a warm wind. A great silver truck plowed the snow-banked street, its machine sound humming on the air.

After straightening the apartment, she went to the grocer's, cashed a check and continued to Schrafft's where she ate breakfast and chatted happily with the waitress. Oh, it was a wonderful day – more like a holiday – and it would be so foolish to go home.

She boarded a Lexington Avenue bus and rode up to Eighty-sixth Street; it was here that she had decided to do a little shopping.

She had no idea what she wanted or needed, but she idled along, intent only upon the passers-by, brisk and preoccupied, who gave her a disturbing sense of separateness.

It was while waiting at the corner of Third Avenue that she saw the man: an old man, bow-legged and stooped under an armload of bulg-

einen Blätterkranz trug, führte einen grauen Zug einen Bergpfad hinunter, und in dem Zug war ungewöhnliches Schweigen, bis eine Frau weit hinten fragte: «Wohin bringt sie uns?» «Das weiß keiner», sagte ein alter Mann, der voranschritt. «Aber ist sie nicht hübsch?» warf eine dritte Stimme ein. «Ist sie nicht wie eine Eisblume – so schimmernd und weiß?»

Am Dienstagmorgen fühlte sie sich beim Erwachen besser; die harten Streifen der Sonnenstrahlen, die schräg durch die Jalousien fielen, gossen ein Licht aus, in dem ihre wirren Fantasien verflogen. Sie machte das Fenster auf und entdeckte einen aufgetauten, frühlingsmilden Tag; eine Schar reiner neuer Wolken ballte sich vor einem weiten, blauen Himmel, der noch gar nicht zur Jahreszeit gehörte; und hinter der niedrigen Linie der Giebel konnte sie den Fluss sehen und den Rauch, der sich im warmen Wind aus den Schornsteinen der Schlepper emporkräuselte. Ein großer silbriger Lastwagen pflügte die von Schneewällen gesäumte Straße, das Geräusch des Motors hing summend in der Luft.

Sie räumte ihre Wohnung auf, ging ins Lebensmittelgeschäft, löste einen Scheck ein und ging weiter zu Schrafft, wo sie frühstückte und fröhlich mit der Kellnerin plauderte. Oh, es war ein prachtvoller Tag – beinahe ein Feiertag – und es wäre töricht, nach Hause zu gehen!

Sie stieg in der Lexington Avenue in einen Bus und fuhr bis zur Sechsundachtzigsten Straße; sie hatte sich entschlossen, hier ein paar kleine Einkäufe zu machen.

Sie hatte keine Ahnung, was sie haben wollte oder brauchte, aber sie schlenderte dahin, nur auf die lebhaften, mit sich selbst beschäftigten Vorübergehenden achtend, die ihr ein unangenehmes Gefühl der Isoliertheit gaben.

Während sie an der Ecke der Dritten Avenue wartete, sah sie den Mann: einen alten Mann, krummbeinig und gebückt unter einem Armvoll umfangreicher Pakete; er

ing packages; he wore a shabby brown coat and a checkered cap. Suddenly she realized they were exchanging a smile: there was nothing friendly about this smile, it was merely two cold flickers of recognition. But she was certain she had never seen him before.

He was standing next to an El pillar, and as she crossed the street he turned and followed. He kept quite close; from the corner of her eye she watched his reflection wavering on the shop windows.

Then in the middle of the block she stopped and faced him. He stopped also and cocked his head, grinning. But what could she say? Do? Here, in broad daylight, on Eighty-sixth Street? It was useless and, despising her own helplessness, she quickened her steps.

Now Second Avenue is a dismal street, made from scraps and ends; part cobblestone, part asphalt, part cement; and its atmosphere of desertion is permanent. Mrs Miller walked five blocks without meeting anyone, and all the while the steady crunch of his footfalls in the snow stayed near. And when she came to a florist's shop, the sound was still with her. She hurried inside and watched through the glass door as the old man passed; he kept his eyes straight ahead and didn't slow his pace, but he did one strange, telling thing: he tipped his cap.

"Six white ones, did you say?" asked the florist. "Yes," she told him, "white roses." From there she went to a glassware store and selected a vase, presumably a replacement for the one Miriam had broken, though the price was intolerable and

trug einen schäbigen braunen Mantel und eine karierte Mütze. Plötzlich wurde ihr bewusst, dass sie einander zulächelten: es war nichts Freundschaftliches in diesem Lächeln, es waren lediglich zwei kalte Funken des Wiedererkennens. Aber sie war überzeugt, dass sie ihn nie zuvor gesehen hatte.

Er stand neben einem Hochbahn-Träger, und als sie die Straße überquerte, wandte er sich um und folgte ihr. Er hielt sich ganz dicht hinter ihr; aus dem Augenwinkel beobachtete sie sein schwankendes Spiegelbild in den Schaufenstern.

Dann, auf der Hälfte des Blocks, blieb sie stehen und sah ihm ins Gesicht. Auch er blieb stehen, warf den Kopf hoch und lächelte schief. Aber was konnte sie sagen, tun? Hier, im hellen Tageslicht, auf der Sechsundachtzigsten Straße? Es hatte keinen Sinn, und sie beschleunigte den Schritt, ihre eigene Hilflosigkeit verachtend.

Nun ist die Zweite Avenue eine hässliche Straße, aus Bruch und Resten gemacht; zum Teil Kopfsteinflaster, zum Teil Asphalt, zum Teil Zement; mit einer beharrlichen Atmosphäre der Verlassenheit. Mrs Miller ging fünf Blocks weiter, ohne jemand zu treffen, und die ganze Zeit blieb das feste Knirschen seiner Schritte im Schnee in ihrer Nähe. Als sie zu einem Blumengeschäft kam, war das Geräusch noch hinter ihr. Sie trat schnell hinein und sah durch die Glastür den alten Mann vorbeigehen; er hielt die Augen fest geradeaus gerichtet und verlangsamte seinen Schritt nicht, aber er tat etwas Seltsames, Vielsagendes: er griff grüßend an seine Mütze.

«Sechs weiße, sagten Sie?» fragte der Blumenhändler. «Ja», antwortete sie, «weiße Rosen.» Von dort aus ging sie in einen Glasladen und suchte eine Vase aus, vermutlich einen Ersatz für die, die Miriam zerbrochen hatte, obwohl der Preis unverschämt und die Vase (wie sie fand)

the vase itself (she thought) grotesquely vulgar. But a series of unaccountable purchases had begun, as if by prearranged plan: a plan of which she had not the least knowledge or control.

She bought a bag of glazed cherries, and at a place called the Knickerbocker Bakery she paid forty cents for six almond cakes.

Within the last hour the weather had turned cold again; like blurred lenses, winter clouds cast a shade over the sun, and the skeleton of an early dusk colored the sky; a damp mist mixed with the wind and the voices of a few children who romped high on mountains of gutter snow seemed lonely and cheerless. Soon the first flake fell, and when Mrs Miller reached the brownstone house, snow was falling in a swift screen and foot tracks vanished as they were printed.

The white roses were arranged decoratively in the vase. The glazed cherries shone on a ceramic plate. The almond cakes, dusted with sugar, awaited a hand. The canary fluttered on its swing and picked at a bar of seed.

At precisely five the doorbell rang. Mrs Miller knew who it was. The hem of her housecoat trailed as she crossed the floor. "Is that you?" she called.

"Naturally," said Miriam, the word resounding shrilly from the hall. "Open this door."

"Go away," said Mrs Miller.

"Please hurry... I have a heavy package."

"Go away," said Mrs Miller. She returned to the living room, lighted a cigarette, sat down and calmly listened to the buzzer; on and on

unsagbar geschmacklos war. Aber sie hatte eine Reihe unverantwortlicher Einkäufe begonnen, wie nach einem vorgefassten Plan: einem Plan, den sie nicht im mindesten kannte oder kontrollieren konnte.

Sie kaufte eine Tüte glasierter Kirschen, und in einem Laden, der sich «Knickerbocker Bäckerei» nannte, zahlte sie vierzig Cents für sechs kleine Mandelkuchen.

Während der letzten Stunde war das Wetter wieder kalt geworden; die Winterwolken warfen wie trübe Glaslinsen einen Schatten über die Sonne, und das Gespenst einer frühen Dämmerung färbte den Himmel; feuchter Dunst mischte sich mit dem Wind; die Stimmen von ein paar Kindern, die oben auf den Bergen von Gossenschnee tobten, kamen ihr einsam und unfroh vor. Bald fiel die erste Flocke, und als Mrs Miller das Sandstein-Haus erreichte, fiel der Schnee wie ein rascher Vorhang herab, und die Fußspuren verschwanden so schnell wie sie eingedrückt worden waren.

Die weißen Rosen waren dekorativ in der Vase geordnet. Die glasierten Kirschen schimmerten auf einem Keramikteller. Die Mandelkuchen, mit Zucker bestreut, warteten auf die Hand, die sie nehmen würde. Der Kanarienvogel flatterte auf seiner Schaukel und pickte an einem Samentäfelchen.

Genau um fünf Uhr läutete die Türglocke: Mrs Miller wusste, wer es war. Der Saum ihres Hauskleides schleifte nach, als sie über den Flur ging. «Bist du es?» rief sie.

«Natürlich , sagte Miriam; das Wort hallte schrill im Treppenhaus wider. «Mach die Tür auf.»

«Geh weg!» sagte Frau Miller.

«Bitte beeile dich... ich habe ein schweres Paket.»

«Geh weg!» sagte Frau Miller. Sie kehrte ins Wohnzimmer zurück, zündete sich eine Zigarette an, setzte sich und horchte ruhig auf den Summer; noch und noch und

and on. "You might as well leave. I have no intention of letting you in."

Shortly the bell stopped. For possibly ten minutes Mrs Miller did not move. Then, hearing no sound, she concluded Miriam had gone. She tiptoed to the door and opened it a sliver; Miriam was half-reclining atop a cardboard box with a beautiful French doll cradled in her arms.

"Really, I thought you were never coming," she said peevishly. "Here, help me get this in, it's awfully heavy."

It was not spell-like compulsion that Mrs Miller felt, but rather a curious passivity; she brought in the box, Miriam the doll. Miriam curled up on the sofa, not troubling to remove her coat or beret, and watched disinterestedly as Mrs Miller dropped the box and stood trembling, trying to catch her breath.

"Thank you," she said. In the daylight she looked pinched and drawn, her hair less luminous. The French doll she was loving wore an exquisite powdered wig and its idiot glass eyes sought solace in Miriam's. "I have a surprise," she continued. "Look into my box."

Kneeling, Mrs Miller parted the flaps and lifted out another doll; then a blue dress which she recalled as the one Miriam had worn that first night at the theater; and of the remainder she said, "It's all clothes. Why?"

"Because I've come to live with you," said Miriam, twisting a cherry stem. "Wasn't it nice of you to buy me these cherries...?"

"But you can't! For God's sake go away – go away and leave me alone!"

"... and the roses and the almond cakes? How

noch. «Du kannst genausogut weggehen. Ich habe nicht die Absicht, dich hereinzulassen.»

Das Klingeln brach kurz ab. Etwa zehn Minuten rührte sich Mrs Miller nicht. Als sie keinen Laut hörte, nahm sie an, dass Miriam gegangen sei. Auf Zehen ging sie zur Tür und öffnete sie einen Spalt; Miriam saß halb zurückgelehnt auf einem Pappkarton, eine schöne französische Puppe im Arm.

«Ich habe wirklich gedacht, du würdest nicht mehr kommen!» sagte sie verdrießlich. «Hier, hilf mir dies hineintragen – es ist schrecklich schwer!»

Mrs Miller spürte keinen verhexten Zwang, sondern eher eine sonderbare Passivität; sie trug den Karton herein, Miriam die Puppe. Miriam machte sich's auf dem Sofa bequem, ohne sich die Mühe zu nehmen, Mantel und Mütze abzulegen, und beobachtete gleichgültig, wie Mrs Miller den Karton fallen ließ und zitternd dastand und nach Atem rang.

«Danke», sagte sie. Im Tageslicht sah sie bedrückt und abgehetzt aus, ihr Haar nicht so glänzend. Die französische Puppe, die sie liebte, trug eine selten schöne, gepuderte Perücke, und ihre idiotischen Glasaugen suchten in Miriams Augen Trost. «Ich habe eine Überraschung», fuhr Miriam fort. «Schau einmal in meinen Karton.»

Kniend schlug Frau Miller die Seitenklappen zurück und nahm eine andere Puppe hoch; dann ein blaues Kleid – sie erinnerte sich: Miriam hatte es an jenem ersten Abend im Kino angehabt; und zum restlichen Inhalt sagte sie: «Das sind lauter Kleider. Warum?»

«Weil ich hergekommen bin, um bei dir zu wohnen» sagte Miriam, an einem Kirschenstiel drehend. «Es war sehr nett von dir, mir die Kirschen zu kaufen.»

«Aber das kannst du nicht! Um Gottes Willen – geh fort – geh fort und lass mich in Frieden!»

«... und die Rosen und die Mandelkuchen. Wie wun-

really wonderfully generous. You know, these cherries are delicious. The last place I lived was with an old man; he was terribly poor and we never had good things to eat. But I think I'll be happy here." She paused to snuggle her doll closer. "Now, if you'll just show me where to put my things..."

Mrs Miller's face dissolved into a mask of ugly red lines; she began to cry, and it was an unnatural, tearless sort of weeping, as though, not having wept for a long time, she had forgotten how. Carefully she edged backward till she touched the door.

She fumbled through the hall and down the stairs to a landing below. She pounded frantically on the door of the first apartment she came to; a short, redheaded man answered and she pushed past him. "Say, what the hell is this?" he said. "Anything wrong, lover?" asked a young woman who appeared from the kitchen, drying her hands. And it was to her that Mrs Miller turned.

"Listen," she cried, "I'm ashamed behaving this way but – well, I'm Mrs H. T. Miller and I live upstairs and..." She pressed her hands over her face. "It sounds so absurd..."

The woman guided her to a chair, while the man excitedly rattled pocket change. "Yeah?"

"I live upstairs and there's a little girl visiting me, and I suppose that I'm afraid of her. She won't leave and I can't make her and – she's going to do something terrible. She's already stolen my cameo, but she's about to do something worse – something terrible!"

derbar aufmerksam, wirklich. Weißt du, diese Kirschen sind köstlich. Ich wohnte zuletzt bei einem alten Mann; er war schrecklich arm, und wir hatten nie etwas Gutes zu essen. Aber hier werde ich zufrieden sein, glaube ich.» Sie hielt inne, um ihre Puppe dichter an sich zu schmiegen. «Wenn du mir nur noch zeigst, wo ich meine Sachen hintun kann…»

Mrs Millers Gesicht zerfloss zu einer Maske von hässlichen roten Falten. Sie fing an zu weinen, und es war ein unnatürliches, tränenloses Weinen, als habe sie, nachdem sie lange nicht geweint hatte, vergessen, wie das überhaupt geht. Vorsichtig wich sie zurück, bis sie die Tür berührte.

Sie stolperte wie blind durch die Halle und die Treppe hinunter zu dem unteren Treppenabsatz. Sie klopfte ungestüm an die Tür der ersten Wohnung, zu der sie kam. Ein stämmiger, rothaariger Mann machte auf, sie stürzte an ihm vorbei. «Was zum Teufel soll das?» fragte er. «Ist was, Süßer?» fragte eine junge Frau, die aus der Küche kam; sie trocknete sich die Hände. An sie wandte sich Mrs Miller.

«Hören Sie», rief sie, «ich schäme mich, mich so zu benehmen, aber… also, ich bin Mrs H. T. Miller und ich wohne oben und…» Sie presste die Hände vor das Gesicht. «Es klingt so verrückt.»

Die Frau führte sie zu einem Stuhl, während der Mann aufgeregt mit dem Kleingeld in seiner Tasche klimperte. «Ja – und?»

«Ich wohne oben, und da ist ein kleines Mädchen, das mich besucht, und ich glaube, ich habe Angst vor ihr. Sie will nicht weggehen, und ich kann sie nicht dazu zwingen, und… sie wird etwas Schreckliches tun. Sie hat mir schon meine Kamee gestohlen, aber sie hat etwas Schlimmeres vor… etwas Schreckliches!»

The man asked, "Is she a relative, huh?"

Mrs Miller shook her head. "I don't know who she is. Her name's Miriam, but I don't know for certain who she is."

"You gotta calm down, honey," said the woman, stroking Mrs Miller's arm. "Harry here'll tend to this kid. Go on, lover." And Mrs Miller said, "The door's open – 5A."

After the man left, the woman brought a towel and bathed Mrs Miller's face. "You're very kind," Mrs Miller said. "I'm sorry to act like such a fool, only this wicked child..."

"Sure, honey," consoled the woman. "Now, you better take it easy."

Mrs Miller rested her head in the crook of her arm; she was quiet enough to be asleep. The woman turned a radio dial; a piano and a husky voice filled the silence and the woman, tapping her foot, kept excellent time. "Maybe we oughta go up too," she said.

"I don't want to see her again. I don't want to be anywhere near her."

"Uh huh, but what you shoulda done, you shoulda called a cop."

Presently they heard the man on the stairs. He strode into the room frowning and scratching the back of his neck: "Nobody there," he said, honestly embarrassed. "She musta beat it."

"Harry, you're a jerk," announced the woman. "We been sitting here the whole time and we woulda seen..." she stopped abruptly, for the man's glance was sharp.

"I looked all over," he said, "and there just ain't nobody there. Nobody, understand?"

Der Mann fragte: «Ist sie eine Verwandte oder was?»

Mrs Miller schüttelte den Kopf. «Ich weiß nicht, wer sie ist. Sie heißt Miriam, aber ich weiß nicht, wer sie ist – bestimmt nicht.»

«Nun beruhigen Sie sich erst mal, meine Liebe», sagte die Frau und streichelte Mrs Millers Arm. «Mein Harry hier – der wird schon fertig mit dem Kind. Geh rauf, Schatz!» Und Mrs Miller sagte: «Die Tür ist offen – 5 A.»

Nachdem der Mann gegangen war, brachte die Frau ein Tuch und wischte Mrs Miller das Gesicht ab. «Sie sind sehr freundlich», sagte Mrs Miller, «es tut mir leid, dass ich mich wie eine Närrin betrage, aber dieses fürchterliche Kind...»

«Freilich, meine Liebe», tröstete die Frau. «Nun, nehmen Sie's mal nicht so tragisch.»

Mrs Miller legte ihr den Kopf in die Armbeuge; sie war ruhig genug, einzuschlafen. Die Frau drehte am Radio; ein Klavier und eine heisere Stimme erfüllten den Raum, und die Frau klopfte mit dem Fuß sehr genau den Takt dazu. «Vielleicht sollten wir auch raufgehen», sagte sie.

«Ich möchte sie nicht wiedersehen. Ich möchte überhaupt nicht in ihrer Nähe sein!»

«Na gut – aber wissen Sie, was Sie hätten tun sollen? Sie hätten einen Polizisten rufen sollen!»

Gleich darauf hörten sie den Mann auf der Treppe. Stirnrunzelnd kam er ins Zimmer, er kratzte sich den Nacken. «Da ist niemand», sagte er, ehrlich verlegen. «Sie muss getürmt sein.»

«Harry, du machst wohl Witze!» erklärte die Frau. «Wir haben die ganze Zeit hier gesessen und hätten doch gesehen...» sie brach plötzlich ab, denn der Blick ihres Mannes war scharf.

«Ich habe überall nachgesehen», sagte er, «und es ist einfach niemand da. Niemand, verstehst du?»

"Tell me," said Mrs Miller, rising, "tell me, did you see a large box? Or a doll?"

"No, ma'am, I didn't."

And the woman, as if delivering a verdict, said, "Well, for cryinoutloud..."

Mrs Miller entered her apartment softly; she walked to the center of the room and stood quite still. No, in a sense it had not changed: the roses, the cakes, and the cherries were in place. But this was an empty room, emptier than if the furnishings and familiars were not present, lifeless and petrified as a funeral parlor. The sofa loomed before her with a new strangeness: its vacancy had a meaning that would have been less penetrating and terrible had Miriam been curled on it. She gazed fixedly at the space where she remembered setting the box and, for a moment, the hassocks spun desperately. And she looked through the window; surely the river was real, surely snow was falling – but then, one could not be certain witness to anything: Miriam so vividly *there* – and yet, where was she? Where, where?

As though moving in a dream, she sank to a chair. The room was losing shape; it was dark and getting darker and there was nothing to be done about it; she could not lift her hand to light a lamp.

Suddenly, closing her eyes, she felt an upward surge, like a diver emerging from some deeper, greener depth. In times of terror or immense distress, there are moments when the mind waits, as though for a revelation, while a skein of calm is woven over thought; it is like a sleep, or a supernatural trance; and during this lull one is aware of a force of quiet reasoning: well, what

«Sagen Sie», fragte Mrs Miller und stand auf, «haben Sie einen großen Karton gesehen? Oder eine Puppe?»

«Nein, nichts.»

Und die Frau, als spräche sie ein Urteil aus, sagte: «Na, das ist ja nun die Höhe...»

Leise betrat Mrs Miller ihre Wohnung; sie ging in die Mitte des Zimmers und stand ganz still. Nein, in einer Hinsicht hatte es sich nicht verändert: die Rosen, die Kuchen und die Kirschen waren noch an ihrem Platz. Aber dies war ein leerer Raum; leerer als wenn keine Möbel und nichts Vertrautes da wären, leblos und versteinert wie eine Leichenkammer. Das Sofa ragte mit einer neuen Fremdheit vor ihr auf: seine Leere hatte eine Bedeutung, die weniger eindringlich und schrecklich gewesen wäre, wenn sich Miriam hineingeschmiegt hätte. Sie starrte fest auf die Stelle, wo sie, wie sie sich erinnerte, den Karton hingestellt hatte, und einen Augenblick lang drehte sich der gepolsterte Puff wild im Kreise. Und sie sah durchs Fenster; sicher war der Fluss wirklich, sicher fiel draußen Schnee – aber schließlich, man konnte nichts mit Sicherheit bezeugen: Miriam, die so lebendig da war... und dennoch, wo war sie? Wo? Wo?

Und als bewege sie sich in einem Traum, sank sie auf einen Stuhl. Der Raum verlor seine Gestalt; es war dunkel und wurde noch dunkler, und dagegen war nichts zu machen; sie konnte nicht die Hand heben, um eine Lampe anzuschalten.

Plötzlich verspürte sie, die Augen schließend, einen Sog nach oben, wie ein Taucher, der aus einer tieferen, grüneren Tiefe aufsteigt. In Zeiten des Schreckens oder der ungeheuren Trübsal gibt es Augenblicke, in denen die Seele wartet wie auf eine Offenbarung, während sich ein Gewebe von Ruhe über das Denken legt; es ist wie ein Schlaf, wie eine übernatürliche Entrücktheit; und während dieser Stille wird man sich einer Kraft ruhiger Vernunft bewusst:

if she had never really known a girl named Miriam? that she had been foolishly frightened on the street? In the end, like everything else, it was of no importance. For the only thing she had lost to Miriam was her identity, but now she knew she had found again the person who lived in this room, who cooked her own meals, wo owned a canary, who was someone she could trust and believe in: Mrs H. T. Miller.

Listening in contentment, she became aware of a double sound: a bureau drawer opening and closing; she seemed to hear it long after completion – opening and closing. Then gradually, the harshness of it was replaced by the murmur of a silk dress and this, delicately faint, was moving nearer and swelling in intensity till the walls trembled with the vibration and the room was caving under a wave of whispers. Mrs Miller stiffened and opened her eyes to a dull, direct stare.

"Hello," said Miriam.

wie, wenn sie in Wirklichkeit niemals ein Mädchen namens Miriam gekannt hätte? dass sie auf der Straße nur verrückt Angst gehabt hatte? Letzten Endes war es, wie alles andere, nicht wichtig. Denn das Einzige, was Miriam ihr hatte nehmen können, war ihr Ich – aber jetzt wusste sie, dass sie die Person wiedergefunden hatte, die in diesem Zimmer wohnte, die sich ihre Mahlzeiten kochte, die einen Kanarienvögel besaß, die jemand war, dem sie trauen, an den sie glauben konnte: Mrs H. T. Miller.

Zufrieden lauschend bemerkte sie einen doppelten Laut: eine Kommodenlade öffnete und schloss sich; sie schien es lange nach dem tatsächlichen Vorgang zu hören – öffnete und schloss sich. Dann, nach und nach, wurde das harte Geräusch verdrängt durch das leise Rauschen eines Seidenkleides, und dieses Rauschen, köstlich zart, kam näher und schwoll zu einer Heftigkeit an, dass die Wände von der Schwingung bebten und der ganze Raum unter einer Woge von Rascheln begraben war. Mrs Miller erstarrte und öffnete die Augen zu einem betäubten, starren Blick.

« Hallo ! » sagte Miriam.

John Cheever: Just One More Time

There is no sense in looking for trouble, but in any big, true picture of the city where we all live there is surely room for one more word on the diehards, the hangers-on, the people who never got along and who never gave up, the insatiables that we have all known at one time or another. I mean the shoestring aristocrats of the upper East Side – the elegant, charming, and shabby men who work for brokerage houses, and their high-flown wives, with their thrift-shop minks and their ash-can fur pieces, their alligator shoes and their snotty ways with doormen and with the cashiers in supermarkets, their gold jewelry and their dregs of Je Reviens and Chanel. I'm thinking of the Beers now – Alfreda and Bob – who lived in the East Side apartment house that Bob's father used to own, surrounded by sailing trophies, autographed photographs of President Hoover, Spanish furniture, and other relics of the golden age. It wasn't much of a place, really – large and dark – but it was more than they could afford; you could tell by the faces of the doormen and the elevator operators when you told them where you were going. I suppose they were always two or three months behind with the rent and had nothing to spare for tips. Of course, Alfreda had been to school in Fiesole. Her father, like Bob's, had lost millions and millions and millions of dollars. All her memories were thickly inlaid with patines of bright gold: yesteryear's high bridge stakes, and how difficult it was to get the Daimler

John Cheever: Nur einmal noch

Man will ja niemanden schlecht machen, so etwas ist sinnlos, aber in einem breit angelegten, wahrheitsgemäßen Panorama der Stadt, in der wir alle leben, muss es doch möglich sein, noch einmal auf diese Stehaufmännchen zu sprechen zu kommen, die Adabeis, die Leute, die nie zurecht kamen und doch nie aufgaben, die Unentwegten, denen wir irgendwann alle mal begegnet sind. Ich spreche von den mittellosen Aristokraten der Upper East Side – diesen eleganten, charmanten, aber schäbigen Männern, die für Brokerfirmen arbeiten, und von ihren hochnäsigen Frauen mit ihren Billignerzen und müllreifen Pelzstolen, ihren Krokolederschuhen und ihrem rüden Ton gegenüber Portiers und Kassiererinnen im Supermarkt, mit ihrem Goldschmuck und den Resten von Je Reviens und Chanel. Ich denke da an die Beers – Alfreda und Bob – die in dem Apartmenthaus an der East Side wohnten, das früher einmal Bobs Vater gehört hatte, umgeben von Segeltrophäen, signierten Fotos von Präsident Hoover, Möbeln im spanischen Stil und anderen Überbleibseln einer goldenen Vergangenheit. Die Wohnung war groß und dunkel und eigentlich nichts Besonderes, aber sie war mehr, als sie sich leisten konnten; das merkte man an den Gesichtern der Portiers und Fahrstuhlführer, wenn man ihnen sagte, wo man hin wollte. Ich vermute, dass sie mit der Miete immer zwei bis drei Monate im Rückstand waren und nichts für Trinkgelder erübrigen konnten. Natürlich war Alfreda in Fiesole zur Schule gegangen. Ihr Vater hatte ebenso wie der von Bob Millionen und Abermillionen Dollar verloren. Ihre Erinnerungen waren immer reich verziert mit schimmerndem Gold: Erinnerungen an die hohen Bridge-Einsätze vergangener Jahre und wie schwer der Daimler bei

started on a rainy day, and picnics on the Brandywine with the Du Pont girls.

She was a good-looking woman – long-faced and with that New England fairness that seems to state a tenuous racial claim to privilege. She looked imperturbable. When they were on their uppers, she worked – first at the Steuben glass store, on Fifth Avenue, and then she went to Jensen's, where she got into trouble by insisting on her right to smoke. She went from there to Bonwit's, and from Bonwit's to Bendel's. Schwarz's took her on one Christmas, and she was on the street-floor glove counter at Saks the next Easter. She had a couple of children between jobs and she used to leave them in the care of an old Scotchwoman – an old family retainer from the good days – who seemed just as unable as the Beers to make an advantageous adjustment to change.

They were the kind of people that you met continually at railroad stations and cocktail parties. I mean Sunday-night railroad stations; weekend and season's-end places like the junction at Hyannis or Flemington; places like the station at Lake George, or Aiken and Greenville in the early spring; places like Westhampton, the Nantucket steamer, Stonington, and Bar Harbor; or, to go farther afield, places like Paddington Station, Rome, and the Antwerp night boat. "Hello! Hello!" they called across the crowd of travelers, and there he would be, in his white raincoat, with his stick and his Homburg, and there she was, in her mink or her ash-can fur piece. And in some ways the cocktail parties where your paths crossed were not so different, after all, from the depots, junctions, and boat trains where you met. They

Regenwetter ansprang, und an Picknicks auf der «Brandywine» mit den Du Pont-Mädels.

Sie war eine gutaussehende Frau mit einem schmalen Gesicht und jenem Neuengland-Blond, das irgendwie einen Anspruch auf angeborene Sonderrechte signalisiert. Nichts schien sie erschüttern zu können. Als sie finanziell in der Klemme steckten, arbeitete sie zunächst im Glaswarengeschäft Steuben auf der Fifth Avenue, und dann wechselte sie zu Jensen, wo sie Schwierigkeiten bekam, weil sie auf ihrem Recht beharrte zu rauchen. Von dort ging sie zu Bonwit und von Bonwit zu Bendel. Schwarz stellte sie einmal über Weihnachten ein, und an Ostern danach war sie bei Saks in der Handschuhabteilung im Erdgeschoss. Zwischendurch bekam sie zwei Kinder, die sie der Obhut einer alten schottischen Kinderfrau überließ, einem Familienerbstück aus besseren Zeiten, die genauso wie die Beers unfähig schien, sich den geänderten Verhältnissen vorteilhaft anzupassen.

Sie gehörten zu den Leuten, die man regelmäßig auf Bahnhöfen und Cocktailpartys traf. Ich meine damit Bahnhöfe am Sonntag abend; Wochenend- und Spätsommerplätze wie die Stationen von Hyannis oder Flemington; Orte wie den Bahnhof am Lake George oder den von Aiken oder Greenville im frühen Frühjahr; Orte wie Westhampton, den Nantucket-Dampfer, Stonington und Bar Harbor; oder, um etwas weiter auszugreifen, Orte wie Paddington Station, Rom und die Nachtfähre nach Antwerpen. «Hallo! Hallo!» riefen sie dann aus der Menge der Reisenden heraus, und da war er mit seinem weißen Regenmantel, dem Spazierstock und dem Homburg, und da war sie mit ihrem Nerz oder ihrer müllreifen Pelzstola. Und in gewisser Weise unterschieden sich die Cocktailpartys, wo man ihnen begegnete, gar nicht so sehr von den Eisenbahndepots, Bahnhöfen und Anschlusszügen zum Hafen, wo man sich traf. Sie waren die Art von Party, bei der die Gäste nie sehr zahl-

were the kind of party where the company is never very numerous and the liquor is never very good – parties where, as you drink and talk, you feel a palpable lassitude overtaking any natural social ardor, as if the ties of family, society, school, and place that held the group together were dissolving like the ice in your drink. But the atmosphere is not so much one of social dissolution as of social change, realignment – in effect, the atmosphere of travel. The guests seem to be gathered in a boat shed or at a railroad junction, waiting for the boat or the train to depart. Past the maid who takes the wraps, past the foyer and the fireproof door, there seems to lie a stretch of dark water, stormy water sometimes – the cry of the wind, the creak of iron sign hinges and the lights, the deckhand voices, and the soulful whistling of an approaching Channel boat.

One reason you always saw the Beers at cocktail parties and railroad stations was that they were always looking for somebody. They weren't looking for somebody like you or me – they were looking for the Marchioness of Bath – but any port in a storm. The way they used to come in to a party and stare around them is understandable – we all do it – but the way they used to peer at their fellow travelers on a station platform was something else. In any place where those two had to wait fifteen minutes or longer for a public conveyance they would turn the crowd inside out, peering under hat brims and behind newspapers for somebody they might happen to know.

I'm speaking of the thirties and the forties now, the years before and after the Big War – years

reich und die Getränke nie besonders gut sind – Partys, bei denen man, während man trinkt und redet, deutlich spürt, wie der natürliche gesellige Schwung von Mattigkeit überlagert wird, so als ob die Bande von Familie, gesellschaftlicher Stellung, Schule und Wohnort, die die Gruppe zusammenhielten, sich auflösten wie das Eis im Cocktailglas. Aber die Atmosphäre ist nicht so sehr eine der gesellschaftlichen Auflösung als vielmehr des gesellschaftlichen Wandels, der Neuordnung – es ist im Grunde die Atmosphäre des Reisens. Es ist, als seien die Gäste in einer Hafenbaracke oder einem Bahnhof versammelt, wo sie auf die Abfahrt des Dampfers oder des Zuges warten. Hinter dem Hausmädchen, das die Mäntel entgegennimmt, hinter dem Vorplatz und der feuersicheren Tür scheinen sich dunkle, mitunter stürmische Wasser auszudehnen – das Heulen des Windes, das Quietschen rostiger Scharniere und die Lichter, die Stimmen von Matrosen und das stimmungsvolle Nebelhorn einer herannahenden Kanalfähre.

Ein Grund, warum man die Beers immer auf Cocktailparties und Bahnhöfen traf, war der, dass sie immer auf der Suche nach jemandem waren. Zwar suchten sie eigentlich nicht nach Leuten wie du und ich – sie suchten nach der Marquise von Bath – aber zur Not taten's auch gewöhnliche Sterbliche. Die Art, wie sie bei einer Party hereinkamen und sich prüfend umsahen, ist das eine – das tun wir ja alle –, aber etwas ganz anderes ist es, wie sie gewöhnlich die Mitreisenden auf einem Bahnsteig musterten. Sobald sie irgendwo fünfzehn Minuten oder mehr auf ein öffentliches Transportmittel warten mussten, durchforsteten sie die Menge, spähten unter Hutkrempen und hinter Zeitungen, ob nicht zufällig ein Bekannter dabei sei.

Ich spreche hier von den dreißiger und vierziger Jahren, also der Zeit vor und nach dem Großen Krieg – einer Zeit,

when the Beers' financial problems must have been complicated by the fact that their children were old enough to go to expensive schools. They did some unsavory things; they kited checks, and, borrowing someone's car for a weekend, they ran it into a ditch and walked away, washing their hands of the whole thing. These tricks brought some precariousness to their social as well as their economic status, but they continued to operate on a margin of charm and expectation – there was Aunt Margaret in Philadelphia and Aunt Laura in Boston – and, to tell the truth, they were charming. People were always glad to see them, for, if they were the pathetic grasshoppers of some gorgeous economic summer, they somehow had it in their power to remind one of good things – good places, games, food, and company – and the ardor with which they looked for friends on railroad platforms could perhaps be accounted for by the fact that they were only looking for a world that they understood.

Then aunt Margaret died, and this is how I discovered that interesting fact. It was in the spring, and my boss and his wife were sailing for England, and I went down to the boat one morning with a box of cigars and a historical romance. The ship was new, as I recall, with lots of drifters looking at the sets of Edna Ferber under lock and key in the library and admiring the dry swimming pools and the dry bars. The passageways were crowded, and every cabin in first class was full of flowers and of well-wishers drinking champagne at eleven o'clock on a gloomy morning, with the rich green soup of New York Har-

in der die finanziellen Schwierigkeiten der Beers vermutlich noch dadurch vergrößert wurden, dass ihre Kinder alt genug waren, um auf eine teure Schule geschickt zu werden. Sie taten gewisse unappetitliche Dinge: sie stellten ungedeckte Schecks aus, und nachdem sie mit einem Auto, das sie übers Wochenende ausgeliehen hatten, in den Straßengraben gefahren waren, machten sie sich aus dem Staub und wiesen jede Verantwortung von sich. Diese Allüren brachten ihre gesellschaftliche und wirtschaftliche Stellung ein wenig ins Schwanken, aber dennoch machten sie auf der schmalen Basis von Charme und Hoffnung weiter: es gab da Tante Margaret in Philadelphia und Tante Laura in Boston – und um ehrlich zu sein, charmant waren sie wirklich. Die Leute freuten sich immer, sie zu sehen, denn mochten sie auch nur die bedauernswerten Grillen eines wirtschaftlichen Sommers sein, irgendwie verstanden sie es immer, einen an schöne Dinge zu erinnern – schöne Orte, Spiele, Speisen, Gesellschaft –, und der Eifer, mit dem sie auf Bahnsteigen nach Freunden Ausschau hielten, lässt sich vielleicht damit erklären, dass sie einfach nach einer Welt suchten, in der sie sich auskannten.

Dann starb Tante Margaret, und von dieser interessanten Tatsache hörte ich auf folgende Weise. Es war im Frühjahr, mein Boss und seine Frau wollten mit dem Dampfer nach England reisen, und eines Morgens fuhr ich mit einem Kistchen Zigarren und einem historischen Roman hinunter zum Schiff. Ich erinnere mich, dass es ein ganz neuer Dampfer war, und eine Menge Müßiggänger begafften im Lesesaal die hinter Glas stehenden Ausgaben von Edna Ferber und bestaunten die noch leeren Swimmingpools und Bars. In den Gängen herrschte Gedränge, und die Kabinen der ersten Klasse waren voll von Blumen und von Menschen, die zum Abschied schon um elf Uhr an diesem düsteren Vormittag Champagner tranken, während die dicke

bor sending its tragic smell up to the clouds. I gave my boss and his wife their presents, and then, looking for the main deck, passed a cabin or suite where I heard Alfreda's boarding-school laugh. The place was jammed, and a waiter was pouring champagne, and when I had greeted my friends, Alfreda took me aside. "Aunt Margaret has departed this life," she said, "and we're *loaded* again..." I had some champagne, and then the all-ashore whistle blew – vehement, deafening, the hoarse summons of life itself, and somehow, like the smell of harbor water, tragic, too; for, watching the party break up, I wondered how long Aunt Margaret's fortune would last those two. Their debts were enormous, and their habits were foolish, and even a hundred thousand wouldn't take them far.

This idea seems to have stayed at the back of my mind, for at a heavyweight fight at Yankee Stadium that fall I thought I saw Bob wandering around with a tray of binoculars to rent. I called his name – I shouted – and it wasn't he, but the resemblance was so striking that I felt as if I *had* seen him, or had at least seen the scope of the vivid social and economic contrasts in store for such a couple.

I wish I could say that, leaving the theater one snowy evening, I saw Alfreda selling pencils on Forty-sixth Street and that she would return to some basement on the West Side where Bob lay dying on a pallet, but this would only reflect on the poverty of my imagination.

grünliche Brühe des New Yorker Hafens ihren tragischen Duft zum Himmel schickte. Ich überreichte meinem Boss und seiner Frau die Geschenke, und dann hörte ich auf dem Weg zum Hauptdeck aus einer Kabine oder Suite das unverkennbare Internatsschul-Lachen Alfredas. Drinnen war es proppenvoll, ein Kellner schenkte Champagner aus, und als ich meine Freunde begrüßt hatte, nahm mich Alfreda beiseite. «Tante Margaret ist von uns gegangen», sagte sie, «und jetzt sind wir wieder gut bei Kasse...» Ich trank ein Glas Champagner, und dann ertönte das «Gäste von Bord»-Signal – gewaltig, ohrenbetäubend, der rauhe Ruf des Lebens, aber – so wie der Geruch des Hafenwassers – irgendwie auch tragisch; denn während ich zusah, wie sich die kleine Gesellschaft auflöste, fragte ich mich, wie lange diese beiden wohl von Tante Margarets Vermögen zehren würden. Sie hatten ja gewaltige Schulden, und ihr Lebensstil war verschwenderisch, so dass sie selbst mit hunderttausend Dollar nicht weit kommen würden.

Dieser Gedanke musste sich in meinem Unterbewusstsein festgesetzt haben, denn bei einem Schwergewichtskampf im Herbst im Yankee Stadium war mir, als hätte ich Bob gesehen, der mit einem Bauchladen herumging und Ferngläser zum Verleih anbot. Ich rief seinen Namen – ziemlich laut – merkte dann aber, dass er es gar nicht war, doch die Ähnlichkeit war so verblüffend, dass ich das Gefühl nicht los wurde, ich hätte ihn doch gesehen – oder zumindest das enorme wirtschaftliche und gesellschaftliche Auf und Ab, dem ein Paar wie dieses ausgesetzt ist.

Gern würde ich erzählen können, dass ich eines verschneiten Abends nach dem Theater Alfreda auf der Sechsundvierzigsten Straße Bleistifte verkaufen und dann in eine Kellerwohnung auf der West Side zurückkehren sah, wo Bob auf einer Pritsche im Sterben lag, aber das würde nur meine armselige Fantasie widerspiegeln.

In saying that the Beers were the kind of people you met at railroad stations and cocktail parties, I overlooked the beaches. They were *very* aquatic. You know how it is. In the summer months, the northeastern coast up from Long Island and deep into Maine, including all the sea islands, seems to be transformed into a vast social clearinghouse, and as you sit on the sand listening to the heavy furniture of the North Atlantic, figures from your social past appear in the surf, as thick as raisins in a cake. A wave takes form, accelerates its ride over the shallows, boils, and breaks, revealing Consuelo Roosevelt and Mr and Mrs Dundas Vanderbilt, with the children of both marriages. Then a wave comes in from the right like a cavalry charge, bearing landward on the rubber raft Lathrope Macy with Emerson Crane's second wife, and the Bishop of Pittsburgh in an inner tube. Then a wave breaks at your feet with the noise of a slammed trunk lid and there are the Beers. "How nice to see you, how very *nice* to see you..."

So the summer and the sea will be the setting for their last appearance – their last appearance for our purposes here, at any rate. We are in a small town in Maine – let's say – and decide to take the family for a sail and a picnic. The man at the inn tells us where there is a boat livery, and we pack our sandwiches and follow his directions to a wharf. We find an old man in a shack with a catboat to rent, and we make a deposit and sign a dirty paper, noticing that the old man, at ten in the morning, is drunk. He rows us out to the mooring in a skiff, and we say

Als ich sagte, die Beers seien die Art von Leuten, die man auf Bahnhöfen und Cocktailpartys trifft, vergaß ich die Strände zu erwähnen. Sie liebten das Wasser. Sie wissen ja, wie das ist. Während der Sommermonate scheint sich die gesamte Nordostküste einschließlich der Inseln von Long Island bis hinauf nach Maine in einen riesigen Tummelplatz der Gesellschaft zu verwandeln, und während man am Strand sitzt und dem schweren Zubehör des Nordatlantik lauscht, tauchen plötzlich aus den Wogen Gestalten auf, die man von früher her kennt, dicht an dicht wie Rosinen in einem Kuchen. Eine Welle nimmt Form an, wird über dem flachen Sand immer schneller, brodelt und bricht sich, und es tauchen Consuelo Roosevelt auf und Mr und Mrs Dundas Vanderbilt mit ihren Kindern aus beiden Ehen. Dann rollt von rechts eine Woge wie ein Haufen angreifender Kavallerie heran und spült auf einem Gummifloß Lathrope Macy mit Emerson Cranes zweiter Frau sowie in einem Autoschlauch den Bischof von Pittsburgh an Land. Dann bricht sich zu deinen Füßen eine Welle mit dem Donnern eines zugeschlagenen Seekistendeckels, und da stehen die Beers. «Wie reizend, Sie hier zu sehen, wirklich ganz reizend…»

Der Sommer und das Meer werden also den Hintergrund für ihren letzten Auftritt bilden – zumindest ihren letzten Auftritt, soweit er hier von Belang ist. Wir befinden uns in einem Städtchen in, sagen wir Maine und haben beschlossen, mit der Familie eine Segelpartie mit Picknick zu unternehmen. Der Mann in der Pension sagt uns, wo es einen Bootsverleih gibt, und so packen wir unsere Sandwichs ein und folgen seiner Wegbeschreibung zum Hafen. In einer Hütte finden wir einen alten Mann, der eine Jolle zu vermieten hat, und wir hinterlegen ein Pfand und unterschreiben ein schmuddeliges Stück Papier, wobei uns auffällt, dass der Alte um zehn Uhr mogens bereits betrunken ist. Er rudert uns in einem kleinen Boot hinaus

goodbye, and then, seeing how dilapidated his catboat is, we call after him, but he has already headed for the mainland and is out of hearing.

The floor boards are floating, the rudder pin is bent, and one of the bolts in the rudder has rusted away. The blocks are broken, and when we pump her dry and hoist the sail, it is rotted and torn. We get under way at last – urged by the children – and sail out to an island and eat our picnic. Then we start home. But now the wind has freshened; it has backed around to the southwest; and when we have left the island our port stay snaps, and the wire flies upward and coils itself around the mast. We take down the sail and repair the stay with rope. Then we see that we are on an ebb tide and traveling rapidly out to sea. With the repaired stay we sail for ten minutes before the starboard stay gives. Now we are in trouble. We think of the old man in the shack, who holds the only knowledge of our whereabouts in his drunken head. We try to paddle with the floor boards, but we can make no headway against the sweep of the tide. Who will save us? The Beers!

They come over the horizon at dusk in one of those bulky cabin cruisers, with a banquette on the bridge and shaded lamps and bowls of roses in the cabin. A hired hand is at the helm, and Bob throws us a line. This is more than a chance reunion of old friends – our lives have been saved. We are nearly delirious. The hired hand is settled in the catboat, and ten minutes after we have been snatched from the jaws of death we are drinking Martinis on the bridge.

zum Ankerplatz, wir verabschieden uns, und als wir dann den schlechten Zustand bemerken, in dem seine Jolle ist, rufen wir hinter ihm her, aber er hält schon aufs Festland zu und kann uns nicht mehr hören.

Die Bodenplanken stehen unter Wasser, die Ruderpinne ist verbogen, und eine der Nieten am Ruder ist durchgerostet. Die Flaschenzüge sind kaputt, und nachdem wir das Boot trockengepumpt haben und das Segel hissen, ist es brüchig und zerschlissen. Auf Drängen der Kinder stechen wir schließlich in See und segeln hinaus zu einer der Inseln und verzehren unser Picknick. Dann treten wir die Heimreise an. Aber inzwischen hat der Wind gedreht und bläst jetzt kräftig aus Südwest; und als wir die Insel verlassen haben, reißt unser Backbord-Stag, so dass das Kabel hochfliegt und sich um den Mast wickelt. Wir reffen das Segel und reparieren das Stag mit einem Stück Tau. Dann merken wir, dass die Ebbe eingesetzt hat und wir schnell aufs offene Meer hinaustreiben. Wir segeln mit dem reparierten Stag zehn Minuten, dann reißt das Steuerbord-Stag. Jetzt sind wir in Schwierigkeiten. Wir müssen an den alten Mann in seiner Hütte denken, der mit seinem betrunkenen Kopf als einziger weiß, wo wir uns befinden. Wir versuchen, die Bodenplanken als Paddel zu benutzen, aber wir kommen gegen den Sog der Ebbe nicht an. Wer wird uns retten? Die Beers!

Bei Einbruch der Dämmerung tauchen sie am Horizont in einem dieser massigen Kabinenkreuzer auf, die auf der Kommandobrücke eine gepolsterte Bank haben und in der Kajüte Tischlampen und Vasen mit Rosen. Am Steuerruder steht ein angeheuerter Matrose, und Bob wirft uns eine Leine zu. Das ist mehr als eine Zufallsbegegnung mit alten Freunden – unsere Leben sind gerettet worden! Wir sind überglücklich. Der Matrose übernimmt die Jolle, und zehn Minuten nachdem wir den Klauen des Todes entrissen worden sind, trinken wir auf der Brücke Martinis. Die

They will take us back to their house, they say. We can spend the night there. And while the background and the appointments are not so different, their relationship to them has been revolutionized. It is *their* house, *their* boat. We wonder how – we gape – and Bob is civil enough to give us an explanation, in a low voice, a mumble, nearly, as if the facts were parenthetical. "We took most of Aunt Margaret's money and all of Aunt Laura's and a little something Uncle Ralph left us and invested it all in the market, you know, and it's more than tripled in the last two years. I've bought back everything Dad lost – everything I wanted, that is. That's my schooner over there. Of course, the house is new. Those are our lights." The afternoon and the ocean, which seemed so menacing in the catboat, now spread out around us with a miraculous tranquillity, and we settle back to enjoy our company, for the Beers are charming – they always were – and now they appear to be smart, for what else was it but smart of them to know that summertime would come again?

Beers werden uns zu ihrem Haus bringen, sagen sie. Dort können wir über Nacht bleiben. Und während diese Szene und die Einladung an sich nicht so neu sind, haben sich die Verhältnisse grundlegend verändert. Diesmal handelt es sich um *ihr* Haus, *ihr* Boot. Wir fragen uns, wie… wir staunen – und Bob ist so nett, uns eine Erkläung zu geben, leise, beiläufig, als ob die Fakten nicht weiter wichtig wären. « Wir haben den größeren Teil von Tante Margarets Hinterlassenschaft und das gesamte Geld von Tante Laura genommen und eine kleine Summe, die uns Onkel Ralph vermachte, und alles in Aktien angelegt, wisst ihr, und das hat sich in den letzten zwei Jahren mehr als verdreifacht. Ich habe alles zurückgekauft, was Dad verloren hatte – jedenfalls alles, was ich davon haben wollte. Der Schoner da drüben gehört mir. Das Haus ist natürlich neu. Die Lichter da, das sind wir. » Der Spätnachmittag und das Meer, das von der Jolle aus so bedrohlich gewirkt hatte, dehnen sich nun mit wunderbarer Ruhe um uns her aus, und wir lehnen uns behaglich zurück und genießen die nette Gesellschaft, denn die Beers sind wirklich reizend – das waren sie schon immer – und jetzt erweisen sie sich auch noch als klug, denn war es nicht klug von ihnen vorauszusehen, dass der Sommer zurückkehren würde?

William Goyen: Simon's Castle

It was in a little town not far from the sea that Simon, a very old man, built a wheel and set to making clay pots.

This was a carnival town. At night the streets were full of shows. Wandering clowns and acrobats, dancers and magicians stopped there to charm and cheat the townspeople. They made them laugh with antics, frightened them with snakes and magic and monstrous masks, stole their money and lay with their women, then moved on. During the day, crafty men stood calling prices in the doors of shops, or cried their gaudy goods in the streets. Often they were beaten for a paper bird or a string of painted beads.

On a narrow street, Simon sat turning his wheel. He dug his earth from a red clay bank and brought it to the shade of a tree, and there he soaked it and wove his fingers through it, as a woman with bread. His wheel shaped the vessels and then he placed them under the full sun.

But because the nights were so evil in this town and because it was so difficult to find a place for an old man to rest, Simon had been thinking for some time of going away. He was too often cursed because he would not sell his pots, only give them away to children.

One day a gentle street hound, hideous from hunger and loneliness, crept by like a thief and stopped to put his nose to the sweet-smelling pots. He was lean from the rubbish bread and

William Goyen: Simons Burg

Es begab sich in einer kleinen Stadt nahe am Meer, dass Simon, ein sehr alter Mann, sich eine Töpferscheibe fertigte und daranging, irdene Gefäße herzustellen.

Es war eine Jahrmarktstadt. Überall in den Straßen fanden abends Aufführungen statt. Herumziehende Clowns und Akrobaten, Tänzer und Gaukler machten hier halt, um die Stadtbewohner zu betören und zu betrügen. Sie brachten sie mit ihren Possen zum Lachen, erschreckten sie mit Schlangen und Zauberkünsten und schaurigen Masken, stahlen ihr Geld, schliefen mit ihren Frauen und zogen dann weiter. Am Tag standen schlitzohrige Kerle in Ladentüren und riefen billige Preise aus, oder sie boten ihren Flitter und Tand in den Straßen feil. Oft bezogen sie für einen Papiervogel oder eine Kette buntbemalter Perlen Prügel.

In einem engen Sträßchen saß Simon an seiner Töpferscheibe. Den roten Ton holte er sich in einer Lehmgrube und trug ihn in den Schatten eines Baumes. Dort weichte er ihn ein und knetete ihn mit den Händen, so wie es Frauen mit Brotteig machen. Seine Scheibe gab den Gefäßen Form; und dann stellte er sie in die pralle Sonne.

Aber weil es des nachts in dieser Stadt so übel zuging und weil es für einen alten Mann so schwer war, einen ruhigen Platz zu finden, dachte Simon schon seit einiger Zeit daran wegzuziehen. Allzu oft wurde er beschimpft, weil er seine Töpfe nicht verkaufen wollte, sondern sie an Kinder verschenkte.

Eines Tages kam ein sanfter Straßenköter wie ein Dieb dahergeschlichen, von Entbehrung und Einsamkeit gezeichnet, und blieb stehen, um an den wohlriechenden Töpfen zu schnuppern. Er war ausgezehrt, denn in den

bones he had found in the alleys and he was wild-faced from nights of terror, running through the dark windy streets of the town. His ribs had caught the stones and kicks of children and his backbone was bruised by the sticks and clubs of housewives and beggars. He had seen murders and beatings, cringed in dark places from laughter of drunkards and shrieks of killings and thieveries, had flattened his sour belly on stones of gutters to hide himself from evil people. He had a long tale of terror in his head never to be told.

This was a gentle hound. There was a shyness about him and he had some soft quick thing in him that the doe has and the gazelle. "Come to me, creature," Simon said. "You may lie with me among my pots and follow me where I go. You are a lonely thing."

When the night came, he gathered up his pots, carefully swaddled them in old rags, placed them in a straw basket and hung it on his back. "Let us go away, dog, to another place, a place to rest," he murmured; and together they climbed a hill and there they found a few trees and a place out of the wind. There was some bread and a dry bit of cheese to be eaten, and having finished, Simon lay his full length upon the earth and looked down upon the carnival lights of the town. The dog stood beside him, gazing down. As he gazed down, he had the long tale of terror in his head. Together, like this, they looked and stared, silently, for a long long hour. And then they slept.

In the morning the wind was fresh, for it was the month of May, and the earth was clean. Simon pulled himself up from the ground and

Gassen hatte er nur altes Brot und Knochen gefunden, und die Schreckensnächte, in denen er durch die finsteren, zugigen Straßen der Stadt gelaufen war, hatten ihm einen angstvollen Blick gegeben. Seine Rippen waren das Ziel von Steinwürfen und Tritten der Kinder gewesen, und sein Rücken war wund von den Stöcken und Knüppeln der Hausfrauen und Bettler. Er hatte Morde und Überfälle beobachtet, hatte sich vor dem Gelächter Betrunkener und dem Geschrei tödlich Verletzter und Bestohlener in dunkle Ecken geduckt, hatte seinen leeren Magen flach in die Gosse gepresst, um sich vor schlechten Menschen zu verbergen. In seinem Kopf war eine endlose Schreckensgeschichte, die nie erzählt werden würde.

Es war ein sanfter Hund. Er hatte etwas Scheues an sich, etwas von der geschmeidigen Schnelligkeit des Rehs und der Gazelle. «Komm zu mir, du Geschöpf», sagte Simon. «Du darfst dich zu mir legen zwischen meine Töpfe und mir folgen, wohin ich gehe: Du bist ein einsames Ding.»

Als die Nacht heraufzog, sammelte er seine Töpfe ein, wickelte sie sorgsam in Lappen und legte sie in einen Strohkorb, den er auf den Rücken nahm. «Lass uns fortgehen, Hund, an einen anderen Ort, einen Ort der Ruhe», murmelte er, und gemeinsam stiegen sie auf eine Anhöhe und suchten sich dort zwischen einigen Bäumen einen windgeschützten Platz. Es gab etwas Brot und ein trockenes Stück Käse zu essen, und als Simon fertig war, legte er sich der Länge nach auf die Erde und sah hinab auf die bunten Lichter der Stadt. Neben ihm stand der Hund und starrte auch hinab. Und während er so starrte, war seine lange Schreckensgeschichte in ihm. So schauten sie und starrten beide schweigend wohl eine Stunde lang. Dann schliefen sie ein.

Am Morgen wehte ein frischer Wind, denn es war im Monat Mai, und die Erde war rein. Als Simon sich schwerfällig erhob, entdeckte er, dass der Hund neben ihm tot

found beside him the dead body of the dog. His frame was so thin, so like a fragile shell that Simon feared he would crush it if he touched it. "He had been searching for someone to die with, for someone to take him out of the brutal town and let death come," Simon thought. "This fragile animal had held on for that." From the basket he took a beautiful little clay pot, all shining and smooth, and placed it in the round curve of the dog's belly, between his fore and hind feet, drew a faded red cloth over all, mourned him a little, and took the road.

All day he followed the road, under the sun. At noon a cart stopped, a man asked him to sit inside for a ride, and Simon was grateful. A woman and a child were also there and they shared their food with him. At mid-afternoon, when his friends in the cart turned off on a little narrow path that led to their dwelling, he got out and began to walk again.

He had walked for an hour or so when suddenly, at the round of a hill he saw lying before him an immense sea, reaching out, huge, to the bowl of the horizon. At that moment he felt as though the earth were only this little hill and all the rest was water. He stood and gazed, heard the deep moan of the water and watched it sparkle in the sun and leap upon the beach, breaking white on the sands. This is where I will make a place for myself, here by this water, he said. This hill, the trees and the growing things seem cleansed by it, the breezes are sweet and the gulls sail, white, over it.

For some days he was building a place for himself in a cave in the hill at the edge of the beach. He made a little square fence from drift wood and,

war. Sein Körper war so fein und zart wie eine Muschelschale, und Simon fürchtete, er könnte bei der geringsten Berührung zerbrechen. « Er hat jemanden gesucht, bei dem er sterben könnte, jemanden, der ihn aus der brutalen Stadt führen und den Tod zu ihm lassen würde », dachte Simon. « So lange hat dieses gebrechliche Tier ausgeharrt. » Er nahm aus seinem Korb einen kleinen glatten, wunderschön glänzenden Keramiktopf und stellte ihn in den Bogen vor dem Bauch des Hundes, zwischen seine Vorder- und Hinterläufe, breitete ein verblichenes rotes Tuch über ihn, betrauerte ihn ein Weilchen und ging dann seiner Wege.

Den ganzen Tag folgte er der Landstraße, über ihm die Sonne. Gegen Mittag hielt ein Wagen, und ein Mann forderte ihn auf, doch ein Stück Wegs mitzufahren, und Simon dankte ihm. Im Wagen waren auch noch eine Frau und ein Kind, und sie teilten ihr Essen mit ihm. Am späteren Nachmittag, als seine neuen Freunde mit ihrem Wagen in einen engen Pfad abbogen, der zu ihrer Behausung führte, stieg er aus und ging wieder zu Fuß.

Er mochte vielleicht eine Stunde gegangen sein, da sah er plötzlich, als er hinter einem Hügel hervorkam, ein weites Meer vor sich liegen, das sich gewaltig bis zur Rundung des Horizonts erstreckte. In diesem Augenblick schien es ihm, als wäre dieser kleine Hügel die Welt, und alles andere wäre Wasser. Er stand da und staunte, vernahm das tiefe Seufzen des Wassers und sah zu, wie es in der Sonne glitzerte, zum Strand hinaufsprang und sich weiß auf dem Sand brach. Hier will ich mich niederlassen, hier an diesem Wasser, dachte er. Es ist, als hätte es diesen Hügel, die Bäume und alle Pflanzen gereinigt, die Winde sind mild und darüber schweben weiß die Möwen.

Er baute mehrere Tage an einer Behausung für sich, in einer Höhle in dem Hang oberhalb des Strandes. Aus Treibholz fertigte er das Rechteck eines kleinen Zauns, und

as the final gesture of a proud builder, and with a great joy, he wrote his name, SIMON, with shells in the sand.

He fed on what the sea brought in to him: crabs and helpless fish thrown upon the beach and clams and other shelled things. For drink he caught the rain in his clay pots, or went to the side of the hill where a spring was. His life here by the sea got to be like a dream, so unreal it was and so timeless. He was neither hungry nor cold, and all he had was his cave, the sea and the heavens over it.

Since he could no longer make pots here, having only sand and no clay, he determined to use the sea shells for some purpose. He spent long hours walking the beach: lone before the infinite water, bending for a shell. At the end of a fortnight he had a rare collection: turquoise, pure white, jade and emerald and ebony, agate and pale blue shells, curved like ears, twisted and spiraled, globed, smooth or ragged. He cleaned and rubbed them until they glistened, and laid them like jewels under the big face of the sun. Then he set to pondering what was to be done with them. For something had to be made with the shells.

While he was waiting to decide what was to be made with his shells, a marvelous thing happened. He discovered one dusk a tiny shape, whirling and leaping on the beach; and when he got close enough he found it to be a child, dancing in the wind. He stood and watched her, like a little white veil floating and turning and curving in the wind. This indeed was the most beautiful thing he had ever seen. He could not move for fear of frightening it away. He was sure it

schließlich schrieb er als Ausdruck des Erbauerstolzes und mit großer Freude seinen Namen SIMON mit Muscheln in den Sand.

Er ernährte sich von dem, was das Meer ihm zutrug: Krebse und Fische, die hilflos auf den Strand geworfen wurden, und Muscheln und andere Schalentiere. Zum Trinken sammelte er den Regen in seinen Tongefäßen, oder er ging an den Abhang des Hügels, wo es eine Quelle gab. Sein Leben hier am Meer glich immer mehr einem Traum, so unwirklich war es und so zeitlos. Er litt weder Hunger noch Kälte, und alles, was er besaß, war seine Höhle, das Meer und der Himmel darüber.

Weil es hier nur Sand und keinen Ton gab und er daher keine Töpfe mehr machen konnte, beschloss er, die Muschelschalen irgendwie zu verwenden. Stundenlang lief er am Strand entlang, allein mit dem unendlichen Wasser, und bückte sich nach Muscheln. Nach zwei Wochen hatte er eine einzigartige Sammlung: türkisblaue, rein weiße, jade- und smaragdgrüne und tiefschwarze, achatfarbene und blassblaue Muscheln, wie Ohren geformte, gekrümmte und gedrehte, kugelförmige, glatte und gezackte. Er säuberte und polierte sie, bis sie glänzten, und breitete sie dann wie Juwelen unter dem Antlitz der Sonne aus. Dann überlegte er, was man damit anfangen könnte. Denn irgend etwas musste er mit den Muscheln anfangen.

Und während er noch mit dem Entschluss zögerte, was er aus seinen Muscheln machen sollte, geschah etwas ganz Wunderbares. Eines Abends bemerkte er am Strand ein kleines Wesen, das dort umhertollte und sprang, und als er näherkam, sah er, dass es ein kleines Mädchen war, das im Wind tanzte. Er blieb stehen und sah zu, wie sie einem kleinen weißen Schleier gleich sich im Wind schweben ließ und sich drehte und bog. So etwas Schönes hatte er wahrhaftig noch nie gesehen. Reglos stand er da aus Furcht, er könnte es vertreiben. Es musste eine Vision sein, dessen

was a vision and yet he was afraid the child would become terrified if he made a noise, and run into the sea. And so he lay on the ground, absolutely still, and watched her until night came and it grew too dark to see.

Simon sat on the sand before his house and felt a sharp loneliness in himself, greater than any he had ever known. It was then that he realized that what he would make with the shells would be for the dancing of this child in the sea wind.

He arose very early the next morning and packed his shells carefully in his straw basket, hung it over his back and walked up the beach until he found the little footprints of the child who had danced there. And there he began a task of construction. With sand and shells he began to build, and by early afternoon he had completed it: a castle with turrets and minarets, walls and domes. Simon's castle towered delicate as glass in the sunlight and the shells made blue and green and purple bursts of light.

Only when he had finished did Simon realize that he had worked ceaselessly since early morning without food or water, this old, solitary builder, laboring with shells and sand before the long wide sea. The remainder of the day he rested and waited for the night to come.

Dusk came late and the little castle glimmered in the western sun. The tide made a long ragged tongue to lap it in and melt it away and drag its timbers and mortar into the sea, but it failed; and the castle remained high on its hill of sand, complete and undestroyed.

He sat hidden in a high tree near his cave, waiting for her to come. At last he saw her tiny form

war er sicher, und doch sorgte er sich, das Kind könnte erschrecken, wenn er ein Geräusch machte, und ins Meer hinauslaufen. Und so legte er sich ganz still nieder und sah ihr zu, bis die Nacht hereinbrach und man nichts mehr sehen konnte.

Simon saß im Sand vor seinem Haus und empfand schmerzlich seine Einsamkeit, die größer war als je zuvor. In diesem Augenblick wusste er, dass das, was er aus den Muscheln machen würde, dem Tanzen dieses Kindes im Seewind dienen sollte.

Am anderen Morgen stand er sehr zeitig auf, packte die Muscheln behutsam in seinen Strohkorb, nahm ihn auf den Rücken und ging den Strand entlang, bis er die kleinen Fußspuren des Kindes fand, das dort getanzt hatte. Und dort begann er mit einem Bauwerk. Er machte sich daran, aus Sand und Muscheln etwas zu errichten, und bald nach Mittag hatte er es fertiggestellt: eine Burg mit Türmchen und Minaretten, Mauern und Kuppeln. Simons Burg erhob sich zart wie Glas im Sonnenschein, und die Muscheln strahlten blau und grün und violett.

Erst als er fertig war, merkte Simon, dass er seit dem frühen Morgen unablässig gearbeitet hatte, ohne zu essen und zu trinken: dieser alte, einsame Baumeister, der sich dort am endlos weiten Meer mit Muscheln und Sand abgemüht hatte. Den restlichen Tag ruhte er aus und wartete, dass es Abend würde.

Die Dämmerung kam spät, und die kleine Burg funkelte in der untergehenden Sonne. Die Flut streckte eine lange, unregelmäßige Zunge aus, um die Burg zu zerfressen, sie zerfließen zu lassen und Holzstücke und Mörtel ins Meer zu saugen, aber es gelang ihr nicht: Die Burg blieb oben auf ihrem Sandberg stehen, vollkommen und unversehrt.

Er hatte sich auf einem hohen Baum nahe der Höhle versteckt und wartete darauf, dass das Mädchen erschiene.

far down the beach, gnat-like, whirling in the wind, and she moved closer and closer, so deft. When she discovered the castle she leaped higher than he had ever seen her leap and she curved round it so lightly and gracefully that he thought her a butterfly or a moth; and then she hovered over it, trembling, like a white humming bird. Simon thought he would lose his heart for joy. He swayed with the high tree in the wind. This was indeed worth an old man's long weary life: to be very old and hide in a secret place to watch a child dance round a castle of shells and sand before the twilight sea. It was complete now, his life, and he felt that whatever was to come, hunger or cold or loneliness, might come, and it would not matter.

Again he sat until darkness came, watching her waft over the castle and lift herself through the air, and then when it was too dark to see, he walked back to his cave like an old magic man, transformed. And for many many nights at twilight he climbed falteringly to his place in the tree and waited until she came. Always there seemed to be a hum like music about her as she spun, as a loom sings when it weaves. Often he came early to his tree to give himself enough time to pull himself up, for he grew feeble with the days. And many timeless months passed by.

One night as Simon sat by his fire he heard a groaning over the sea, and he discovered that a big wind was coming up. Standing at the mouth of his dwelling, he watched the water beginning to hump and surge and throw itself heavy upon the beach. He ran into the darkness, crippled by fear and age, his fist high in the air, his white beard in the wind and his eyes afire, shouting like

Endlich sah er ihre Gestalt weit entfernt auf dem Strand, wo sie sich klein wie eine Mücke im Wind drehte, und sie kam - oh so graziös - immer näher und näher. Als sie die Burg entdeckte, sprang sie höher als je zuvor und lief dann so leichtfüßig und zierlich um sie herum, dass sie ihm wie ein Schmetterling oder Falter erschien; und dann verharrte sie davor, leise vibrierend wie ein weißer Kolibri. Simon meinte, das Herz müsse ihm vor Glück zerspringen. Er wiegte sich mit dem hohen Baum im Wind. Wahrhaftig, das war die Mühsal eines langen Lebens und des Alters wert: in späten Jahren aus einem Versteck zuzusehen, wie ein Kind vor dem dämmrigen Meer um eine Burg aus Muscheln und Sand tanzt. Nun war sein Leben vollendet, dachte er, und was immer jetzt noch käme, Hunger oder Kälte oder Einsamkeit, es wäre ihm gleich.

Wieder blieb er sitzen, bis die Dunkelheit hereinbrach, und sah zu, wie das Kind über die Burg schwebte und in die Luft schnellte, und als es dann so dunkel war, dass er nichts mehr sah, kehrte er in seine Höhle zurück wie ein alter Zauberer, ganz verändert. Und noch an vielen, vielen Abenden stieg er in der Dämmerung unsicher auf seinen Baum und wartete, bis sie sich zeigte. Immer schien ein Summen wie von Musik sie zu umgeben, wenn sie sich drehte, so wie ein Webstuhl bei seiner Arbeit singt. Oft ging er schon früh zu seinem Baum, um sich beim Hinaufklettern mehr Zeit zu lassen, denn seine Kräfte ließen nach. Und so vergingen viele zeitlose Monate.

Eines Nachts, als Simon an seinem Feuer saß, vernahm er ein Ächzen über dem Meer, und er sah, dass ein Sturm im Anzug war. Er stand am Eingang seiner Behausung und beobachtete, wie das Wasser sich hob und schwoll und schwer auf den Strand niederstürzte. Er rannte hinaus in die Dunkelheit, halb gelähmt von Furcht und Alter, eine Faust in die Höhe gereckt, und mit wehendem weißen Bart und lodernden Augen rief er wie ein

an aged prophet a message of peril: "The waves! the waves! the waves!" He fell on the sand, cupped himself like a dam around his treasure to hold back the walls of foam and spray that barreled in. Again and again they came, lashing him, withdrawing, and flailing him again. But his glorious castle was dissolving, returning to sand, and his strength, like the sand, was disintegrating away. The brine was in his eyes and the pounding waves were breaking his thin bones, but in his fierce fight to save his castle he thought only of the child.

If she should come now, he thought, if she should come now to dance she would surely be destroyed, like the castle. And still he bent his body around the debris of the castle, against the power of the sea. Over and over again the heavings of water fell upon him and beat him flat and he murmured, "There will be calm, there will be calm and she will come again."

And then suddenly he thought he saw, in a shaft of flaming lightning, the shimmering figure of the child like a white firefly whirling in the crimson blaze over the water, and she rode in closer and closer until she was upon him, all wave and light; and his cries died away in the roar of the confounding main.

greiser Prophet seine Warnung: « Die Wogen! Die Wogen! Die Wogen! » Er warf sich auf den Sand und legte sich wie ein Deich vor seine Burg, um die Wände von Gischt und Schaum abzuhalten, die sich heranwälzten. Wieder und wieder kamen sie heran, prasselten auf ihn nieder, wichen zurück und peitschten ihn erneut. Seine herrliche Burg aber löste sich auf, wurde wieder zu Sand, und wie der Sand zerrann auch seine Kraft. Das Salzwasser drang ihm in die Augen, und die schweren Wogen zerbrachen seine schwachen Knochen, doch in seinem grimmigen Kampf um die Burg dachte er nur an das Kind.

Wenn sie jetzt käme, dachte er, wenn sie jetzt käme, um zu tanzen, würde sie gewiss ebenso vernichtet wie die Burg. Und noch immer krümmte er seinen Leib um die Trümmer der Burg, um sie vor dem mächtigen Meer zu schützen. Wieder und wieder brachen die Wasser über ihm zusammen und drückten ihn in den Sand, und er murmelte: « Es wird ruhig werden, es wird ruhig werden, und sie wird wiederkommen. »

Und dann war es ihm plötzlich, als sähe er in einem flammenden Blitzstrahl die weiße schimmernde Gestalt des Kindes, das wie ein Glühwürmchen in dem roten Feuerschein über den Wassern dahinwirbelte und ihm näher und näher kam, bis es bei ihm war, ganz Woge und Licht; und seine Rufe verhallten im Tosen der übermächtigen See.

Carson McCullers: The Sojourner

John Ferris awoke in a room in a New York hotel. He had the feeling that something unpleasant was awaiting him – what it was, he did not know. The feeling, submerged by matinal necessities, lingered even after he had dressed and gone downstairs. It was a cloudless autumn day and the pale sunlight sliced between the pastel skyscrapers. Ferris went into the next-door drugstore and sat at the end booth next to the window glass that overlooked the sidewalk. He ordered an American breakfast with scrambled eggs and sausage.

Ferris had come from Paris to his father's funeral which had taken place the week before in his home town in Georgia. The shock of death had made him aware of youth already passed. His hair was receding and the veins in his now naked temples were pulsing and prominent and his body was spare except for an incipient belly bulge. Ferris had loved his father and the bond between them had once been extraordinarily close – but the years had somehow unraveled this filial devotion; the death, expected for a long time, had left him with an unforeseen dismay. He had stayed as long as possible to be near his mother and brothers at home. His plane for Paris was to leave the next morning.

Ferris pulled out his address book to verify a number. He turned the pages with growing attentiveness. Names and addresses from New York, the capitals of Europe, a few faint ones from his home state in the South. Faded, printed names,

Carson McCullers: Der Heimatlose

John Ferris erwachte in einem New Yorker Hotelzimmer. Er hatte das Gefühl, es erwarte ihn etwas Unangenehmes – was es war, wusste er nicht. Durch die Obliegenheiten des Aufstehens unterdrückt, wirkte das Gefühl sogar noch nach, nachdem er sich angekleidet hatte und hinuntergegangen war. Es war ein wolkenloser Herbsttag, und das blasse Sonnenlicht schnitt zwischen die pastellfarbenen Wolkenkratzer. Ferris ging in den Drugstore nebenan und setzte sich in die letzte Nische neben dem Fenster, das auf den Gehsteig hinausging. Er bestellte ein amerikanisches Frühstück mit Rührei und Würstchen.

Ferris war aus Paris gekommen, zum Begräbnis seines Vaters, das vor einer Woche in seiner Heimatstadt in Georgia stattgefunden hatte. Der Schock des Todes hatte ihm klargemacht, dass die Jugend schon vorbei war. Sein Haar wich zurück, die Adern in den jetzt nackten Schläfen pulsierten hervortretend, und sein Körper war hager bis auf den Ansatz zu einem Bauch. Ferris hatte seinen Vater geliebt, und die Bindung zwischen ihnen war ungewöhnlich eng gewesen – aber die Jahre hatten die Anhänglichkeit des Sohnes ein wenig gelockert; der längst erwartete Tod des Vaters hatte ihn in eine unvorhergesehene Bestürzung versetzt. Er war so lange wie möglich geblieben, um seiner Mutter und den Brüdern zu Hause nahe zu sein. Sein Flugzeug nach Paris sollte am nächsten Morgen starten.

Ferris zog sein Adressbuch hervor, um eine Nummer festzustellen. Er blätterte mit wachsender Aufmerksamkeit. Namen und Adressen aus New York, aus den europäischen Hauptstädten, ein paar verblasste aus seinem südlichen Heimatstaat. Matte Namen in Druckbuchstaben, gespreiz-

sprawled drunken ones. Betty Wills: a random love, married now. Charlie Williams: wounded in the Hürtgen Forest, unheard of since. Grand old Williams – did he live or die? Don Walker: a B. T. O. in television, getting rich. Henry Green: hit the skids after the war, in a sanitarium now, they say. Cozie Hall: he had heard that she was dead. Heedless, laughing Cozie – it was strange to think that she, too, silly girl, could die. As Ferris closed the address book, he suffered a sense of hazard, transience, almost of fear.

It was then that his body jerked suddenly. He was staring out of the window when there, on the sidewalk, passing by, was his ex-wife. Elizabeth passed quite close to him, walking slowly. He could not understand the wild quiver of his heart, nor the following sense of recklessness and grace that lingered after she was gone.

Quickly Ferris paid his check and rushed out to the sidewalk. He hurried toward her meaning to speak, but the lights changed and she crossed the street before he reached her. Ferris followed. On the other side he could easily have overtaken her, but he found himself lagging unaccountably. Her fair brown hair was plainly rolled, and as he watched her Ferris recalled that once his father had remarked that Elizabeth had a "beautiful carriage." She turned at the next corner and Ferris followed, although by now his intention to overtake her had disappeared. Ferris questioned the bodily disturbance that the sight of Elizabeth aroused in him, the dampness of his hands, the hard heart strokes.

It was eight years since Ferris had last seen his ex-wife. He knew that long ago she had married

te, betrunkene. Betty Wills: eine Zufallsliebschaft, jetzt verheiratet. Charlie Williams: verwundet im Hürtgenwald, seitdem verschollen; der prächtige alte Williams – lebte er? war er tot? Don Walker: Bonze beim Fernsehen – wird immer reicher. Henry Green: kam ins Schlittern nach dem Krieg; soll jetzt in einem Sanatorium sein. Cozie Hall: er hatte gehört, sie sei tot. Die sorglose, lachende Cozie – ein sonderbarer Gedanke, dass auch sie, das dumme kleine Mädchen, sterben konnte. Als Ferris sein Adressbuch zuklappte, überkam ihn ein Gefühl der Vergänglichkeit, der Zufälligkeit, fast der Angst.

In diesem Augenblick zuckte er plötzlich zusammen. Er hatte aus dem Fenster gestarrt, als draußen auf dem Bürgersteig seine geschiedene Frau vorbeiging. Elizabeth kam ziemlich dicht an ihm vorbei, sie ging langsam. Er konnte das wilde Zittern seines Herzens nicht verstehen, auch nicht das darauf folgende Gefühl der Unbekümmertheit und Befreiung, das noch nachschwang, als sie fort war.

Ferris zahlte rasch seine Rechnung und stürzte hinaus auf den Bürgersteig. Er eilte ihr nach in der Absicht, sie zu sprechen, aber die Verkehrsampel sprang um, und sie hatte die Straße überquert, ehe er sie erreichte. Ferris folgte. Auf der anderen Seite hätte er sie rasch einholen können, aber er ertappte sich dabei, dass er unbegreiflich zögerte. Ihr schönes braunes Haar war schlicht aufgerollt, und als er sie beobachtete, fiel ihm ein, dass sein Vater einmal bemerkt hatte, Elizabeth habe « eine schöne Haltung ». Sie bog um die nächste Ecke, und Ferris folgte, obwohl ihm der Wunsch, sie einzuholen, vergangen war. Er wunderte sich über die heftige körperliche Reaktion, die Elizabeths Anblick ihm verursacht hatte, über seine feuchten Hände und die harten Schläge seines Herzens.

Seit acht Jahren hatte Ferris seine frühere Frau nicht mehr gesehen. Er wusste, dass sie längst wieder verhei-

again. And there were children. During recent years he had seldom thought of her. But at first, after the divorce, the loss had almost destroyed him. Then, after the anodyne of time, he had loved again, and then again: Jeannine, she was now. Certainly his love for his ex-wife was long since past. So why the unhinged body, the shaken mind? He knew only that his clouded heart was oddly dissonant with the sunny, candid autumn day. Ferris wheeled suddenly and, walking with long strides, almost running, hurried back to the hotel.

Ferris poured himself a drink, although it was not yet eleven o'clock. He sprawled out in an armchair like a man exhausted, nursing his glass of bourbon and water. He had a full day ahead of him as he was leaving by plane the next morning for Paris. He checked over his obligations: take luggage to Air France, lunch with his boss, buy shoes and an overcoat. And something – wasn't there something else? Ferris finished his drink and opened the telephone directory.

His decision to call his ex-wife was impulsive. The number was under Bailey, the husband's name, and he called before he had much time for self-debate. He and Elizabeth had exchanged cards at Christmas time, and Ferris had sent a carving set when he received the announcement of her wedding. There was no reason *not* to call. But as he waited, listening to the ring at the other end, misgiving fretted him.

Elizabeth answered; her familiar voice was a fresh shock to him. Twice he had to repeat his name, but when he was identified, she sounded glad. He explained he was in town for only that

ratet war. Und dass Kinder da waren. In den letzten Jahren hatte er selten an sie gedacht. Aber zuerst, nach der Scheidung, war er an ihrem Verlust fast zugrunde gegangen. Dann, durch die Heilkraft der Zeit, hatte er wieder geliebt, und wieder. Jetzt war es Jeannine. Zweifellos war seine Liebe zu seiner früheren Frau längst vorbei. Warum also die körperliche Verwirrung, die seelische Erschütterung? Er wusste nur, dass sein bewölktes Herz in seltsamem Widerspruch stand zu dem sonnigen, klaren Herbsttag. Ferris kehrte plötzlich auf dem Absatz um und ging mit langen Schritten – er lief beinahe – eilig zurück zu seinem Hotel.

Er goss sich etwas zu trinken ein, obwohl es noch nicht elf Uhr war. Er ließ sich wie ein Erschöpfter in einen Lehnsessel fallen, sein Glas mit Bourbon und Soda in der Hand haltend. Er hatte einen ganzen Tag vor sich, da er erst am nächsten Morgen per Flugzeug nach Paris reiste. Er überdachte seine Aufgaben: das Gepäck zur Air France bringen, mit seinem Chef Mittag essen, Schuhe und einen Mantel kaufen. Und noch etwas – war nicht noch etwas zu tun? Ferris trank sein Glas aus und schlug das Telefonbuch auf.

Sein Entschluss, seine frühere Frau anzurufen, war impulsiv. Die Nummer war unter Bailey, dem Namen ihres Mannes, und er rief an, ehe er noch Zeit zu inneren Kämpfen hatte. Er und Elizabeth hatten Weihnachtskarten ausgetauscht, und Ferris hatte ihr ein Tranchierbesteck geschickt, als er ihre Heiratsanzeige bekam. Es lag kein Grund vor, *nicht* anzurufen. Aber während er das Läuten am andern Ende der Leitung hörte, quälten ihn unangenehme Vorgefühle.

Elizabeth antwortete; ihre vertraute Stimme war ein neuer Schock für ihn. Zweimal musste er seinen Namen nennen, aber als sie erfasste, wer er war, schien sie erfreut. Er erklärte ihr, dass er nur diesen einen Tag in der

day. They had a theater engagement, she said – but she wondered if he would come by for an early dinner. Ferris said he would be delighted.

As he went from one engagement to another, he was still bothered at odd moments by the feeling that something necessary was forgotten. Ferris bathed and changed in the late afternoon, often thinking about Jeannine: he would be with her the following night. "Jeannine," he would say, "I happened to run into my ex-wife when I was in New York. Had dinner with her. And her husband, of course. It was strange seeing her after all these years."

Elizabeth lived in the East Fifties, and as Ferris taxied uptown he glimpsed at intersections the lingering sunset, but by the time he reached his destination it was already autumn dark. The place was a building with a marquee and a doorman, and the apartment was on the seventh floor.

"Come in, Mr Ferris."

Braced for Elizabeth or even the unimagined husband, Ferris was astonished by the freckled red-haired child; he had known of the children, but his mind had failed somehow to acknowledge them. Surprise made him step back awkwardly.

"This is our apartment," the child said politely. "Aren't you Mr Ferris? I'm Billy. Come in."

In the living room beyond the hall the husband provided another surprise; he, too, had not been acknowledged emotionally. Bailey was a lumbering red-haired man with a deliberate manner. He rose and extended a welcoming hand.

"I'm Bill Bailey. Glad to see you. Elizabeth will be in in a minute. She's finishing dressing."

The last words struck a gliding series of vibra-

Stadt sei. Sie sagte, sie hätten eine Theater-Verabredung – aber vielleicht könnte er zu einem frühen Abendessen kommen? Ferris sagte, es würde ihn sehr freuen.

Während er sich mit einer Obliegenheit nach der anderen beschäftigte, fühlte er sich von Zeit zu Zeit bedrückt durch das Gefühl, etwas Notwendiges vergessen zu haben. Er badete und zog sich am späten Nachmittag um und dachte dabei viel an Jeannine; nächste Nacht würde er bei ihr sein. «Jeannine», würde er sagen, «ich habe in New York zufällig meine frühere Frau getroffen. Ich habe mit ihr gegessen, und mit ihrem Mann natürlich. Es war merkwürdig, sie nach so vielen Jahren wiederzusehen.»

Elizabeth wohnte in einer der Fünfziger Straßen auf der Ostseite, und als Ferris mit dem Taxi hinaus fuhr, sah er an den Kreuzungen den langsamen Sonnenuntergang; aber als er sein Ziel erreicht hatte, war es schon herbstlich dunkel. Das Haus war ein Gebäude mit gedeckter Vorfahrt und Portier, und die Wohnung lag im sechsten Stock.

«Kommen Sie herein, Mr Ferris.»

Auf Elizabeth oder den ihm unbekannten Ehemann gefasst, war Ferris verwundert über das sommersprossige, rothaarige Kind; er hatte etwas von Kindern gewusst, sie sich aber irgendwie nicht vorgestellt. Die Überraschung ließ ihn befangen einen Schritt zurücktreten.

«Das ist unsere Wohnung», sagte das Kind höflich. «Sind Sie Mr Ferris? Ich bin Billy. Bitte kommen Sie.»

Im Wohnzimmer hinter dem Flur bot der Ehemann eine zweite Überraschung; auch ihn hatte Ferris gefühlsmäßig noch nicht anerkannt. Bailey war ein schwerfälliger rothaariger Mann mit bedächtigen Gesten. Er erhob sich und streckte ihm zur Begrüßung die Hand entgegen.

«Ich bin Bill Bailey. Freut mich, Sie kennen zu lernen. Elizabeth wird gleich da sein. Sie zieht sich nur fertig an.»

Die letzten Worte lösten eine gleitende Reihe Schwing-

tions, memories of the other years. Fair Elizabeth, rosy and naked before her bath. Half dressed before the mirror of her dressing table, brushing her fine chestnut hair. Sweet, casual intimacy, the soft-fleshed loveliness indisputably possessed. Ferris shrank from the unbidden memories and compelled himself to meet Bill Bailey's gaze.

"Billy, will you please bring that tray of drinks from the kitchen table?"

The child obeyed promptly, and when he was gone Ferris remarked conversationally, "Fine boy you have there."

"We think so."

Flat silence until the child returned with a tray of glasses and a cocktail shaker of martinis. With the priming drinks they pumped up conversation: Russia, they spoke of, and the New York journalism and the apartment situation in Manhattan and Paris.

"Mr Ferris is flying all the way across the ocean tomorrow," Bailey said to the little boy who was perched on the arm of his chair, quiet and well behaved. "I bet you would like to be a stowaway in his suitcase."

Billy pushed back his limp bangs. "I want to fly in an airplane and be a newspaperman like Mr Ferris." He added with sudden assurance, "That's what I would like to do when I am big."

Bailey said, "I thought you wanted to be a doctor."

"I do!" said Billy. "I would like to be both. I want to be a atom-bomb scientist too."

Elizabeth came in carrying in her arms a baby girl.

"Oh, John!" she said. She settled the baby in

ungen aus – Erinnerungen an jene Jahre. Die hübsche Elizabeth, rosig und nackt vor dem Bad. Halb angekleidet vor dem Spiegel ihres Frisiertischs, das feine kastanienbraune Haar bürstend. Süße gelegentliche Vertraulichkeiten. Liebliches weiches Fleisch, in unbestrittenem Besitz. Ferris schrak zurück vor den ungebetenen Erinnerungen und zwang sieh, Bill Baileys Blick zu begegnen.

« Billy, bringst du uns bitte das Tablett mit den Cocktails vom Küchentisch? »

Das Kind gehorchte sofort, und als es gegangen war, bemerkte Ferris beiläufig: « Einen netten Jungen haben Sie. »

« Das finden wir auch. »

Flaues Schweigen, bis das Kind zurückkam, ein Tablett mit Gläsern und dem Cocktail-Shaker mit den Martinis tragend. Die animierenden Getränke brachten die Unterhaltung in Gang: sie sprachen von Russland, vom New Yorker Journalismus, von der Wohnungslage in Manhattan und Paris.

« Mr Ferris fliegt morgen den ganzen Weg über den Ozean », sagte Bailey zu dem kleinen Jungen, der still und artig auf der Armlehne seines Sessels hockte. « Ich wette, du möchtest blinder Passagier in seinem Koffer sein. »

Billy strich seine glatten Ponyhaare zurück. « Ich möchte in einem Flugzeug fliegen und ein Zeitungsmann sein wie Mr Ferris. » Und mit plötzlicher Überzeugung fügte er hinzu: « Ja, das möchte ich, wenn ich groß bin! »

Bailey sagte: « Ich dachte, du wolltest einmal Arzt werden? »

« Will ich auch! » sagte Billy. « Ich will beides sein. Und dazu noch Atomforscher. »

Elizabeth kam herein, ein kleines Mädchen auf dem Arm.

« Oh John! » sagte sie. Sie setzte das Kind auf den Schoß

the father's lap. "It's grand to see you. I'm awfully glad you could come."

The little girl sat demurely on Bailey's knees. She wore a pale pink crêpe de Chine frock, smocked around the yoke with rose, and a matching silk hair ribbon tying back her pale soft curls. Her skin was summer tanned and her brown eyes flecked with gold and laughing. When she reached up and fingered her father's horn-rimmed glasses, he took them off and let her look through them a moment. "How's my old Candy?"

Elizabeth was very beautiful, more beautiful perhaps than he had ever realized. Her straight clean hair was shining. Her face was softer, glowing and serene. It was a madonna loveliness, dependent on the family ambiance.

"You've hardly changed at all," Elizabeth said, "but it has been a long time."

"Eight years." His hand touched his thinning hair self-consciously while further amenities were exchanged.

Ferris felt himself suddenly a spectator – an interloper among these Baileys. Why had he come? He suffered. His own life seemed so solitary, a fragile column supporting nothing amidst the wreckage of the years. He felt he could not bear much longer so stay in the family room.

He glanced at his watch. "You're going to the theater?"

"It's a shame;" Elizabeth said, "but we've had this engagement for more than a month. But surely, John, you'll be staying home one of these days before long. You're not going to be an expatriate, are you?"

seines Vaters. «Es ist herrlich, dass du da bist. Ich freue mich schrecklich, dass du gekommen bist.»

Das kleine Mädchen saß bescheiden auf Baileys Knien. Es trug ein rosa Crêpe-de-Chine-Kleidchen mit rötlich gesmocktem Oberteil und einem passenden Seidenhaarband, das die hellen weichen Locken zurückhielt. Die Haut war sommerlich gebräunt und die braunen Augen goldgesprenkelt und lachend. Als sie hinauflangte und nach der horngefassten Brille des Vaters griff, nahm er sie ab und ließ das Kind einen Augenblick hindurchschauen. «Wie geht's meiner Zuckermaus?»

Elizabeth war sehr schön, vielleicht viel schöner, als ihm je klar gewesen war. Ihr glattes frisches Haar schimmerte. Ihr Gesicht war weicher, leuchtend und heiter. Es war eine Madonnenlieblichkeit, bedingt durch die Umgebung von Mann und Kindern.

«Du hast dich kaum verändert», sagte Elizabeth, «aber wir haben uns lange nicht gesehen!»

«Acht Jahre.» Seine Hand fuhr verlegen zu seinem dünner werdenden Haar, während sie weitere freundliche Redensarten tauschten.

Ferris fühlte sich plötzlich als Zuschauer – als Eindringling zwischen diesen Baileys. Warum war er hergekommen? Er litt. Sein eigenes Leben erschien ihm so einsam, eine gebrechliche Säule, die in den Trümmern der Jahre herumstand und überhaupt nichts zu tragen hatte. Er spürte, dass er es nicht mehr lange in diesem Familienzimmer aushalten könne.

Er sah nach der Uhr. «Ihr wolltet doch ins Theater gehen?»

«Es ist ein Jammer», sagte Elizabeth, «aber wir hatten diese Verabredung schon vor mehr als einem Monat getroffen. Aber sicher wirst du doch eines Tages – in nicht allzu langer Zeit – hier im Land bleiben, John? Du wirst doch nicht zum Emigranten werden... oder?»

"Expatriate," Ferris repeated. "I don't much like the word."

"What's a better word?" she asked.

He thought for a moment. "Sojourner might do."

Ferris glanced again at his watch, and again Elizabeth apologized. "If only we had known ahead of time –"

"I just had this day in town. I came home unexpectedly. You see, Papa died last week."

"Papa Ferris is dead?"

"Yes. He had been sick there nearly a year. The funeral was down home in Georgia."

"Oh, I'm so sorry, John. Papa Ferris was always one of my favorite people."

The little boy moved from behind the chair so that he could look into his mother's face. He asked, "Who is dead?"

Ferris was oblivious to apprehension; he was thinking of his father's death. He saw again the outstretched body on the quilted silk within the coffin. The corpse flesh was bizarrely rouged and the familiar hands lay massive and joined above a spread of funeral roses. The memory closed and Ferris awakened to Elizabeth's calm voice.

"Mr Ferris's father, Billy. A really grand person. Somebody you didn't know."

"But why did you call him *Papa* Ferris?"

Bailey and Elizabeth exchanged a trapped look. It was Bailey who answered the questioning child. "A long time ago," he said, "your mother and Mr Ferris were once married. Before you were born – a long time ago."

"Mr Ferris?"

«Emigrant...» wiederholte Ferris. «Ich mag das Wort nicht.»

«Was klingt besser?» fragte sie.

Er dachte einen Augenblick nach. «Sagen wir: ein Heimatloser.»

Er sah nochmals auf die Uhr, und wieder entschuldigte sich Elizabeth. «Wenn wir nur zeitig genug gewusst hätten...»

«Ich habe nur einen Tag in der Stadt. Ich musste unerwartet nach Hause. Weißt du, Papa ist letzte Woche gestorben.»

«Papa Ferris ist tot?»

«Ja. Er ist fast ein Jahr krank gewesen. Die Beerdigung war zu Hause in Georgia.»

«Oh, das tut mir so leid, John. Papa Ferris war immer einer von denen, die ich am liebsten hatte.»

Der kleine Junge kam hinter dem Stuhl vor, so dass er seiner Mutter ins Gesicht sehen konnte. Er fragte: «Wer ist tot?»

Ferris war nicht bei der Sache; er dachte an den Tod seines Vaters. Er sah wieder den ausgestreckten Körper auf der gepolsterten Seide des Sargs. Das Gesicht der Leiche war bizarr rosig geschminkt, und die vertrauten Hände lagen schwer und gefaltet auf einer Decke von Begräbnisrosen. Die Erinnerung brach ab, und Ferris erwachte von Elizabeths ruhiger Stimme.

«Der Vater von Mr Ferris, Billy. Ein wirklich wunderbarer Mensch. Jemand, den du nicht kennst.»

«Aber warum nennst du ihn *Papa* Ferris?»

Bailey und Elizabeth tauschten einen ratlosen Blick. Es war Bailey, der die Frage des Kindes beantwortete. «Vor langer Zeit», sagte er, «waren deine Mutter und Mr Ferris einmal verheiratet. Bevor du geboren warst – es ist lange, lange her.»

«Mr Ferris?»

The little boy stared at Ferris, amazed and unbelieving. And Ferris's eyes, as he returned the gaze, were somehow unbelieving too. Was it indeed true that at one time he had called this stranger, Elizabeth, Little Butterduck during nights of love, that they had lived together, shared perhaps a thousand days and nights and – finally – endured in the misery of sudden solitude the fiber by fiber (jealousy, alcohol, and money quarrels) destruction of the fabric of married love?

Bailey said to the children, "It's somebody's suppertime. Come on now."

"But Daddy! Mama and Mr Ferris – I –"

Billy's everlasting eyes – perplexed and with a glimmer of hostility – reminded Ferris of the gaze of another child. It was the young son of Jeannine – a boy of seven with a shadowed little face and knobby knees whom Ferris avoided und usually forgot.

"Quick march!" Bailey gently turned Billy toward the door. "Say good night now, son."

"Good night, Mr Ferris." He added resentfully, "I thought I was staying up for the cake."

"You can come in afterward for the cake," Elizabeth said. "Run along now with Daddy for your supper."

Ferris and Elizabeth were alone. The weight of the situation descended on those first moments of silence. Ferris asked permission to pour himself another drink and Elizabeth set the cocktail shaker on the table at his side. He looked at the grand piano and noticed the music on the rack.

"Do you still play as beautifully as you used to?"

"I still enjoy it."

Der kleine Junge starrte Ferris an, erstaunt und ungläubig. Und Ferris' Augen waren ebenfalls irgendwie ungläubig, als er den Blick erwiderte. War es wirklich wahr, dass er diese Fremde, Elizabeth, einmal in Liebesnächten «dummer kleiner Schatz» genannt hatte? Dass sie zusammen gelebt, wohl an die tausend Tage und Nächte geteilt und schließlich im Jammer plötzlicher Einsamkeit qualvoll erlitten hatten, wie das Gewebe ihrer ehelichen Liebe Faser um Faser zerstört wurde durch Eifersucht, Alkohol und Geldgezänk?

Bailey sagte zu den Kindern: «Jetzt muss aber jemand Abendbrot essen. Kommt.»

«Aber Daddy! Mama und Mr Ferris... ich...»

Billys unerbittliche Augen – verwundert und mit einem Schimmer von Feindseligkeit – erinnerten Ferris an den Blick eines anderen Kindes. Es war der kleine Sohn von Jeannine – ein Junge von sieben Jahren mit einem verschatteten kleinen Gesicht und knotigen Knien, den Ferris mied und meistens vergaß.

«Laufschritt – marsch!» Bailey schob Billy sanft zur Tür. «Sag jetzt Gute Nacht, Junge!»

«Gute Nacht, Mr Ferris.» Er fügte grollend hinzu: «Ich dachte, ich darf zum Kuchen aufbleiben.»

«Du kannst nachher zum Kuchen wiederkommen», sagte Elizabeth. «Nun lauf mit Pappi zu deinem Abendbrot.»

Ferris und Elizabeth waren allein. Das Gewicht der Situation legte sich auf diese ersten Augenblicke des Schweigens. Ferris bat, sich noch ein Glas eingießen zu dürfen, und Elizabeth stellte den Cocktail-Shaker neben ihn auf den Tisch. Er sah auf den Flügel und bemerkte die aufgestellten Noten.

«Spielst du immer noch so wunderschön Klavier wie früher?»

«Noch ebenso gern.»

"Please play, Elizabeth."

Elizabeth arose immediately. Her readiness to perform when asked had always been one of her amiabilities; she never hung back, apologized. Now as she approached the piano there was the added readiness of relief.

She began with a Bach prelude and fugue. Ferris rested his head on the chair back and closed his eyes. In the following silence a clear, high voice came from the room down the hall.

"Daddy, how *could* Mama and Mr Ferris –" A door was closed.

The piano began again – what was this music? Unplaced, familiar, the limpid melody had lain a long while dormant in his heart. Now it spoke to him of another time, another place – it was the music Elizabeth used to play. The delicate air summoned a wilderness of memory. Ferris was lost in the riot of past longings, conflicts, ambivalent desires. The singing melody was broken off by the appearance of the maid.

"Miz Bailey, dinner is out on the table now."

Even after Ferris was seated at the table between his host and hostess, the unfinished music still overcast his mood. He was a little drunk.

"L'improvisation de la vie humaine," he said. "There's nothing that makes you so aware of the improvisation of human existence as a song unfinished. Or an old address book."

"Address book?" repeated Bailey. Then he stopped, noncommittal and polite.

"You're still the same odd boy, Johnny," Elizabeth said with a trace of the old tenderness.

It was a southern dinner that evening, and

«Bitte spiel was, Elizabeth.»

Elizabeth stand unverzüglich auf. Ihre Bereitwilligkeit, vorzuspielen, wenn sie gebeten wurde, war immer ein liebenswerter Zug von ihr gewesen. Nie hatte sie sich geziert, nie Ausflüchte gesucht. Als sie jetzt zum Flügel ging, kam noch der Wunsch dazu, die Lage zu entspannen.

Sie begann mit Bach – Präludium und Fuge. Ferris legte seinen Kopf an die Stuhllehne und schloss die Augen: In dem darauf folgenden Schweigen kam eine klare, hohe Stimme aus dem Zimmer am Ende des Korridors.

«Daddy, wie *konnten* Mama und Mr Ferris ...» Eine Tür wurde zugemacht.

Wieder begann das Klavier – was für eine Musik war das? Die reine Melodie hatte irgendwo bekannt und vertraut lange Zeit in seinem Herzen geschlummert. Jetzt sprach sie zu ihm von einer anderen Zeit, einem anderen Ort – es war die Musik, die Elizabeth immer gespielt hatte. Die zarte Weise beschwor einen Schwarm von Erinnerungen herauf. Ferris verlor sich in den Aufruhr vergangener Sehnsüchte, Konflikte, widerstreitender Begierden. Die singende Melodie wurde durch das Erscheinen des Hausmädchens abgebrochen.

«Mrs Bailey, das Essen ist angerichtet.»

Sogar als Ferris bei Tisch saß, zwischen dem Hausherrn und der Hausfrau, überschattete die unvollendete Musik noch seine Stimmung. Er war ein wenig betrunken.

«L'improvisation de la vie humaine», sagte er. «Es gibt nichts, was einem das Improvisierte des menschlichen Daseins so zu Bewusstsein bringt wie ein unbeendetes Lied. Oder ein altes Adressbuch.»

«Adressbuch?» wiederholte Bailey. Dann brach er rücksichtsvoll und höflich ab.

«Du bist noch derselbe sonderbare Kauz», sagte Elizabeth mit einer Spur der alten Zärtlichkeit.

Es war ein Menü aus den Südstaaten, das es diesen

the dishes were his old favorites. They had fried chicken and corn pudding and rich, glazed candied sweet potatoes. During the meal Elizabeth kept alive a conversation when the silences were overlong. And it came about that Ferris was led to speak of Jeannine.

"I first knew Jeannine last autumn – about this time of the year – in Italy. She's a singer and she had an engagement in Rome. I expect we will be married soon."

The words seemed so true, inevitable, that Ferris did not at first acknowledge to himself the lie. He and Jeannine had never in that year spoken of marriage. And indeed she was still married – to a White Russian money-changer in Paris from whom she had been separated for five years. But it was too late to correct the lie. Already Elizabeth was saying: "This really makes me glad to know. Congratulations, Johnny."

He tried to make amends with truth. "The Roman autumn is so beautiful. Balmy and blossoming." He added: "Jeannine has a little boy of six. A curious trilingual little fellow. We go to the Tuileries sometimes."

A lie again. He had taken the boy once to the gardens. The sallow foreign child in shorts that bared his spindly legs had sailed his boat in the concrete pond and ridden the pony. The child had wanted to go in to the puppet show. But there was not time, for Ferris had an engagement at the Scribe Hotel. He had promised they would go to the guignol another afternoon. Only once had he taken Valentin to the Tuileries.

There was a stir. The maid brought in a white-frosted cake with pink candles. The children

Abend gab, und die Gerichte waren seine alten Lieblingsspeisen. Es gab gebratenes Huhn und Maispudding und köstliche glasierte süße Kartoffeln. Während der Mahlzeit hielt Elizabeth eine Unterhaltung aufrecht, wenn die Pausen zu lang waren. Und es fügte sich, dass Ferris auf Jeannine zu sprechen kam.

«Ich habe Jeannine letzten Herbst kennengelernt – etwa um diese Zeit – in Italien. Sie ist Sängerin und hatte ein Engagement in Rom. Ich glaube, wir werden bald heiraten.»

Die Worte schienen so wahr, so unvermeidlich, dass Ferris sich zuerst die Lüge selbst nicht eingestand. Er und Jeannine hatten in diesem Jahr gar nicht von Heirat gesprochen. Zudem war sie noch verheiratet – mit einem weißrussischen Börsenmakler in Paris, von dem sie seit fünf Jahren getrennt lebte. Aber es war zu spät, um die Lüge richtigzustellen. Schon sagte Elizabeth: «Oh, das hört man gern! Ich gratuliere, Johnny.»

Er versuchte, die Situation durch die Wahrheit zu retten. «Der römische Herbst ist so schön, sanft und voller Blüten.» Er fügte hinzu: «Jeannine hat einen kleinen Jungen von sechs Jahren. Ein sonderbarer dreisprachiger kleiner Bursche. Wir gehen manchmal in die Tuilerien.»

Wieder eine Lüge! Er hatte das Kind einmal in den Park mitgenommen. Der blasse fremdländische Junge in Shorts, aus denen seine dürren Beinchen hervorsahen, hatte sein Schiff auf dem zementierten Teich schwimmen lassen und war auf einem Pony geritten. Das Kind wäre gern in das Kasperltheater gegangen. Aber dazu war keine Zeit, denn Ferris hatte eine Verabredung im Hotel Scribe. Er hatte ihm versprochen, an einem anderen Nachmittag mit ihm zum Kasperle zu gehen. Aber nur einmal war er mit Valentin in den Tuilerien gewesen.

Er spürte eine Unruhe. Das Mädchen brachte einen Kuchen mit weißem Zuckerguss und rosa Kerzen. Die Kinder

entered in their night clothes. Ferris still did not understand.

"Happy birthday, John," Elizabeth said. "Blow out the candles."

Ferris recognized his birthday date. The candles blew out lingeringly and there was the smell of burning wax. Ferris was thirty-eight years old. The veins in his temples darkened and pulsed visibly.

"It's time you started for the theater."

Ferris thanked Elizabeth for the birthday dinner and said the appropriate good-byes. The whole family saw him to the door.

A high, thin moon shone above the jagged, dark skyscrapers. The streets were windy, cold. Ferris hurried to Third Avenue and hailed a cab. He gazed at the nocturnal city with the deliberate attentiveness of departure and perhaps farewell. He was alone. He longed for flight-time and the coming journey.

The next day he looked down on the city from the air, burnished in sunlight, toylike, precise. Then America was left behind and there was only the Atlantic and the distant European shore. The ocean was milky pale and placid beneath the clouds. Ferris dozed most of the day. Toward dark he was thinking of Elizabeth and the visit of the previous evening. He thought of Elizabeth among her family with longing, gentle envy, and inexplicable regret. He sought the melody, the unfinished air, that had so moved him. The cadence, some unrelated tones, were all that remained; the melody itself evaded him. He had found instead the first voice of the fugue that Elizabeth had played – it came to him, inverted mockingly and

kamen im Nachthemd herein. Immer noch begriff Ferris nicht.

«Ich gratuliere zum Geburtstag, John!» sagte Elizabeth. «Du musst die Kerzen ausblasen.»

Erst jetzt merkte Ferris, dass er heute Geburtstag hatte. Die Kerzen gingen widerstrebend aus, und es roch nach brennendem Wachs. Ferris war achtunddreißig Jahre. Die Adern in seinen Schläfen wurden dunkel und pulsierten sichtbar.

«Es ist Zeit, dass ihr ins Theater geht.»

Ferris dankte Elizabeth für das Geburtstagsessen und verabschiedete sich in der üblichen Form. Die ganze Familie begleitete ihn zur Tür.

Ein hoher, schmaler Mond leuchtete über den gezackten, dunklen Wolkenkratzern. Die Straßen waren windig, kalt. Ferris eilte zur Third Avenue und winkte ein Taxi heran. Er blickte zum Nachthimmel auf, mit der wohlbewussten Aufmerksamkeit von Abreise und vielleicht Abschied. Er war allein. Er sehnte die Abflugszeit und die kommende Reise herbei.

Am nächsten Tag sah er aus der Luft auf die Stadt herab; sie lag glänzend, spielzeughaft, deutlich im Sonnenlicht. Dann blieb Amerika hinter ihm zurück, und nur der Atlantik war da und die ferne europäische Küste. Der Ozean war milchig bleich und ruhig unter den Wolken. Ferris döste fast den ganzen Tag über. Als es dunkelte, dachte er an Elizabeth und seinen Besuch am vorigen Abend. Er dachte mit sehnsüchtigem, zärtlichem Neid und unerklärlicher Reue an Elizabeth inmitten ihrer Familie. Er suchte die Melodie, die unvollendete Weise, die ihn so bewegt hatte. Der Rhythmus, ein paar unzusammenhängende Töne waren alles, was er behalten hatte; die Melodie selbst entzog sich ihm immer wieder. Statt dessen fand er die erste Stimme der Fuge, die Elizabeth gespielt hatte – sie überfiel ihn, spöttisch versetzt und in

in a minor key. Suspended above the ocean the anxieties of transience and solitude no longer troubled him and he thought of his father's death with equanimity. During the dinner hour the plane reached the shore of France.

At midnight Ferris was in a taxi crossing Paris. It was a clouded night and mist wreathed the lights of the Place de la Concorde. The midnight bistros gleamed on the wet pavements. As always after a transocean flight the change of continents was too sudden. New York at morning, this midnight Paris. Ferris glimpsed the disorder of his life: the succession of cities, of transitory loves; and time, the sinister glissando of the years, time always.

"Vite! Vite!" he called in terror. *"Dépêchez-vous."*

Valentin opened the door to him. The little boy wore pajamas and an outgrown red robe. His gray eyes were shadowed and, as Ferris passed into the flat, they flickered momentarily. *"J'attends Maman."*

Jeannine was singing in a night club. She would not be home before another hour. Valentin returned to a drawing, squatting with his crayons over the paper on the floor. Ferris looked down at the drawing – it was a banjo player with notes and wavy lines inside a comic-strip balloon.

"We will go again to the Tuileries."

The child looked up and Ferris drew him closer to his knees. The melody, the unfinished music that Elizabeth had played, came to him suddenly. Unsought, the load of memory jettisoned – this time bringing only recognition and sudden joy.

"Monsieur Jean," the child said, "did you see him?"

Moll. Hoch über dem Ozean bedrückten ihn die Ängste der Vergänglichkeit und Einsamkeit nicht mehr, und er dachte mit Fassung an den Tod seines Vaters. Während der Dinnerstunde erreichte das Flugzeug die französische Küste.

Um Mitternacht saß Ferris in einem Taxi und fuhr durch Paris. Es war eine bewölkte Nacht, und Nebel wand sich um die Lichter an der Place de la Concorde. Die mitternächtlichen Bistros spiegelten sich auf dem nassen Pflaster. Wie immer nach einem Transatlantikflug war der Wechsel der Kontinente zu plötzlich. Am Morgen New York, um Mitternacht Paris. Ferris erkannte mit einem flüchtigen Blick die Unordnung seines Lebens: die wechselnde Folge der Städte, seine vergänglichen Lieben; und die Zeit, das düstere Dahingleiten der Jahre – immer die Zeit.

« Vite ! Vite ! » rief er entsetzt. « Dépêchez-vous ! »

Valentin öffnete ihm die Tür. Der Kleine trug einen Pyjama und einen roten Bademantel, der ihm zu klein war. Seine grauen Augen waren voll Schatten und flackerten einen Augenblick, als Ferris in die Wohnung trat. « J'attends Maman. »

Jeannine sang in einem Nachtklub. Vor einer Stunde würde sie nicht zurück sein. Valentin machte sich wieder ans Zeichnen, er hockte mit seinen Buntstiften über einem Blatt Papier am Boden. Ferris sah hinab auf die Zeichnung – es war ein Banjospieler mit Noten und Wellenlinien in einer Blase aus dem Mund wie in einem Comic.

« Wir werden wieder in die Tuilerien gehen. »

Das Kind sah auf, und Ferris zog es dichter an seine Knie. Mit einem Mal fiel ihm die Melodie ein, die unvollendete Weise, die Elizabeth gespielt hatte. Unvermutet flog die Last der Erinnerung über Bord – diesmal brachte sie ihm nur Wiedererkennen und plötzliche Freude.

« Monsieur Jean », sagte das Kind, « haben Sie ihn gesehen? »

Confused, Ferris thought only of another child – the freckled, family-loved boy. "See who, Valentin?"

"Your dead papa in Georgia." The child added, "Was he okay?"

Ferris spoke with rapid urgency: "We will go often to the Tuileries. Ride the pony and we will go into the guignol. We will see the puppet show and never be in a hurry any more."

"Monsieur Jean," Valentin said. "The guignol is now closed."

Again the terror, the acknowledgment of wasted years and death. Valentin, responsive and confident, still nestled in his arms. His cheek touched the soft cheek and felt the brush of the delicate eyelashes. With inner desperation he pressed the child close – as though an emotion as protean as his love could dominate the pulse of time.

Verwirrt dachte Ferris nur an ein anderes Kind – den sommersprossigen Liebling der Familie. « Wen gesehen, Valentin? »

« Ihren toten Vater in Georgia. » Das Kind fügte hinzu: « War er okay? »

Ferris sprach mit rascher Eindringlichkeit: « Wir werden oft in die Tuilerien gehen. Auf dem Pony reiten, und wir werden zum Kasperle gehen. Wir werden uns das Marionettenspiel ansehen und es nie wieder eilig haben. »

« Monsieur Jean », sagte Valentin, « das Kasperltheater ist jetzt geschlossen. »

Wieder das Entsetzen, die Erkenntnis verlorener Jahre und des Todes. Valentin, empfänglich und zutraulich, schmiegte sich noch in seine Arme. Seine Wange berührte die weiche Wange, und er spürte das Streicheln zarter Augenwimpern. Mit einem Gefühl der Verzweiflung presste er das Kind an sich – als ob etwas so Wandelbares wie seine Liebe den Puls der Zeit beherrschen könnte.

Joyce Carol Oates: In the Warehouse

"Why does your mother do that to her hair? Does she think it looks nice or something?"

"Do what to her hair?"

"Frizz it up or whatever that is – she's such an ugly old bag! If I looked like that I'd stick my head in the oven!"

The two girls are standing out on the sidewalk before a house, at twilight. The taller one makes vast good-humored gestures in the air as she talks, and the other stands silently, her lips pursed. She has a small, dark, patient face; her brown hair falls in thick puffy bangs across her forehead. The taller girl has hair that is in no style at all – just messy, not very clean, pulled back from her big face and fixed with black bobby pins, which are the wrong color for her dark blond hair. She has a lot to talk about. She is talking now about Nancy, who lives a few houses away. Nancy is eighteen and works uptown in a store; she thinks she's too good for everyone – "I could show her a thing or two, just give me a match and let me at that dyed hair of hers" – and her mother is grumpy and ugly, like everyone's mother, "just an old bitch that might as well be dead."

It is autumn. Down the street kids are playing after supper, running along between houses or all the way down to the open area that is blocked off because of an expressway nearby. "You don't want to go in already, do you?" the taller girl whines. "Why d'ya always want to go in, you think your house is so hot? Your goddam mother is so hot?

Joyce Carol Oates: Im Lagerhaus

«Warum macht deine Mutter das mit ihrem Haar? Findet sie das schön oder was?»

«Was macht sie mit ihrem Haar?»

«Es kräuseln oder wie man das nennt. Sie ist wirklich eine hässliche alte Kuh! Wenn ich so aussähe, würde ich meinen Kopf in den Gasofen stecken.»

Die beiden Mädchen stehen auf dem Gehweg vor einem Haus, gegen Abend. Während die größere beim Reden vergnügt und weit ausholend gestikuliert, steht die andere stumm und mit gespitzten Lippen da. Sie hat ein kleines, dunkles, geduldiges Gesicht, ihr braunes Haar bedeckt in dichten welligen Fransen ihre Stirn. Das größere Mädchen hat keine bestimmte Frisur, ihr Haar ist nur unordentlich, nicht besonders sauber, es ist aus ihrem großflächigen Gesicht zurückgekämmt und mit schwarzen Haarnadeln, die nicht zu ihrem dunkelblonden Haar passen, festgesteckt. Sie hat viel zu erzählen. Sie erzählt jetzt von Nancy, die ein paar Häuser weiter wohnt. Nancy ist achtzehn und arbeitet in einem Laden am Stadtrand; sie hält sich für was Besseres – «Die wird sich noch wundern, gib mir nur ein Streichholz und lass mich an ihre gefärbten Haare ran» – und ihre Mutter ist mies und hässlich wie alle Mütter, «einfach eine alte Schlampe, die besser tot wäre.»

Es ist Herbst. Am anderen Ende der Straße spielen Kinder nach dem Abendessen, rennen zwischen den Häusern umher oder bis hinunter zu dem freien Gelände, das abgesperrt ist wegen der nahen Schnellstraße. «Du gehst doch noch nicht heim, oder?» mault das größere Mädchen. «Warum willst du immer heimgehen? Glaubst du denn, bei euch wär's so toll? Oder deine blöde Mutter

We could walk down by the warehouse, see if anybody's around. Just for something to do."

"I better go in."

"Your mother isn't calling you, is she? What's so hot about going in that dump of a house?"

I am the short, dark girl, and my friend Ronnie is laughing into my face as she always does. Ronnie lives two houses away. Her mother has five children and no husband – he died or ran away – and Ronnie is the middle child, thirteen years old. She is big for her age. I am twelve, skinny and meek and incredulous as she jumps to another subject: how Nancy's boy friend slapped her around and burned her with his cigar just the other night. "Don't you believe me? You think I'm lying?" she challenges me.

"I never heard about that."

"So what? Nobody'd tell you anything. You'd tell the cops or something."

"No I wouldn't."

"Some cop comes to see your father, don't he?"

"He's just somebody – some old friend. I don't know who he is," I tell her, but it's too late. My whining voice gives Ronnie what she needs. It's like an opening for a wedge or the toe of her worn-out old "Indian" moccasins. She pinches my arm and I say feebly, "Don't. That hurts."

"Oh, does it hurt?"

She pinches me again.

"I said don't –"

She laughs and forgets about it. She's a big strong girl. Her legs are thick. Her face is round and her teeth are a little crooked, so that she looks as if she is always smiling. In school she

wär so toll? Wir könnten doch runtergehen zum Lagerhaus und sehen, ob irgendwer da ist. Einfach so zum Spaß.»

«Ich geh lieber heim.»

«Deine Mutter hat dich doch noch gar nicht gerufen, oder? Was willst du denn in eurer Bruchbude?»

Das kleine dunkelhaarige Mädchen bin ich, und meine Freundin Ronnie lacht mir ins Gesicht, wie sie das immer tut. Ronnie wohnt zwei Häuser weiter. Ihre Mutter hat fünf Kinder und keinen Mann – er ist gestorben oder weggelaufen – und Ronnie ist das mittlere Kind, dreizehn Jahre alt. Sie ist schon sehr groß für ihr Alter. Ich bin zwölf, mager und schüchtern und ungläubig, als sie plötzlich auf etwas anderes zu sprechen kommt: wie Nancy neulich Abend von ihrem Freund verprügelt und dann mit einer brennenden Zigarre gequält wurde. «Glaubst du mir nicht? Denkst du, ich lüge?» fragt sie herausfordernd.

«Ich hab nichts davon gehört.»

«Na und? Dir erzählt doch keiner was. Du würdest doch bloß zu den Bullen rennen oder so.»

«Nein, würde ich nicht!»

«Irgend ein Bulle kommt doch manchmal zu deinem Vater, stimmt's?»

«Das ist nur irgend jemand – ein alter Freund. Ich weiß nicht, wer er ist», sage ich, aber es ist zu spät. Meine weinerliche Stimme gibt Ronnie das, was sie braucht. Es ist wie ein kleiner Spalt für einen Keil oder für die Spitze ihrer ausgetretenen «Indianer»-Mokassins. Sie kneift mich in den Arm, und ich sage kläglich: «Hör auf. Das tut weh.»

«So, das tut weh?»

Sie kneift mich nochmal.

«Hör auf, sag ich...»

Sie lacht und hat es schon vergessen. Sie ist ein großes, kräftiges Mädchen. Ihre Beine sind stämmig. Sie hat ein rundes Gesicht, und ihre Zähne stehen etwas vor, so dass es immer so aussieht, als ob sie lächelt. In der Schule sitzt

sits at the back and makes trouble, hiding her yellowish teeth behind her hand when she laughs. One day she said to our teacher – our teacher is Mrs Gunderson – "There was a man out by the front door who did something bad. He opened up his pants and everything." Mrs Gunderson was always nervous. She told Ronnie to come out into the hall with her, and everyone tried to listen; and in a minute she called me out too. Ronnie said to me, "Wasn't that Mr Whalen out by the front door? Wasn't it, Sarah?" "When?" I said. "You know when, you were right there," Ronnie said. She was very excited and her face had a pleasant, high color. "You know what he did." "I didn't see anything," I said. Mrs Gunderson wore ugly black shoes and her stockings were so thick you couldn't see her skin through them. Ronnie wore her moccasin loafers and no socks and her legs were pale and lumpy, covered with fine blond hairs. "Mr Whalen stood *right out there* and Sarah saw him but she's too afraid to say. She's just a damn dirty coward," Ronnie said. Mr Whalen was the fifth-grade teacher. Nobody liked him, but I had to say, "There wasn't any man out there." So Mrs Gunderson let us go. Ronnie whispered; "You dirty goddam teacher's pet!"

That day at noon hour she rubbed my face in the dirt by the swings, and when I began crying she let me up. "Oh, don't cry, you big baby," she said. She rubbed my head playfully. She always did this to her little brother, her favorite brother. "I didn't mean to hurt you, but you had it coming. Right? You got to do what I say. If we're friends you got to obey me, don't you?"

sie ganz hinten und stört, und wenn sie lacht, hält sie die Hand vor ihre gelblichen Zähne. Einmal sagte sie zu unserer Lehrerin – unsere Lehrerin heißt Mrs Gunderson – «Da war vorhin ein Mann am Schultor und hat was Unanständiges gemacht. Er hat seine Hose aufgemacht und so.» Mrs Gunderson war immer etwas unsicher. Sie sagte zu Ronnie, sie sollte mit nach draußen auf den Flur kommen, und alle haben versucht zu lauschen, und nach einer Minute rief sie mich auch nach draußen. Ronnie sagte zu mir: «Am Schultor, das war doch Mr Whalen, stimmt's, Sarah?» «Wann?» fragte ich. «Du weißt schon, du warst doch dabei», sagte Ronnie. Sie war ganz aufgeregt, und ihr Gesicht hatte eine hübsche kräftige Farbe. «Du weißt schon, was er getan hat.» «Ich hab nichts gesehen», sagte ich. Mrs Gunderson hatte hässliche schwarze Schuhe an, und ihre Strümpfe waren so dick, dass man die Haut gar nicht durchsehen konnte. Ronnie trug ihre Mokassins und keine Socken, und ihre Beine waren blass und dick und mit blonden Härchen bedeckt. «Mr Whalen stand genau da draußen, und Sarah hat ihn auch gesehen, aber sie hat Angst, es zuzugeben. Sie ist ein verdammter Feigling!» sagte Ronnie. Mr Whalen war der Lehrer der fünften Klasse. Keiner mochte ihn, trotzdem musste ich sagen: «Da war kein Mann.» Daraufhin ließ uns Mrs Gunderson gehen. Ronnie zischte mir zu: «Du blöde Lehrerwanze!»

Am selben Tag in der Mittagspause drückte sie mich mit dem Gesicht in den Sand bei den Schaukeln, aber als ich anfing zu weinen, ließ sie mich los. «Ach, hör doch auf zu flennen, du Riesenbaby», sagte sie. Neckisch tätschelte sie meinen Kopf. Das tat sie auch immer mit ihrem kleinen Bruder, ihrem Lieblingsbruder. «Ich wollte dir nicht wehtun, aber das musste einfach sein. Alles klar? Du hast zu tun, was ich dir sage. Wenn wir Freundinnen sein wollen, dann musst du mir folgen, klar?»

"Yes."

Now she talks faster and faster. I know her mother isn't home and that's why she doesn't want to go in yet – her mother is always out somewhere. No one dares to ask Ronnie about her mother. In our house my mother is waiting somewhere, or maybe not waiting at all but upstairs doing something, listening to the radio. The supper dishes are put away. My father is working the night shift. When he comes home he will sleep downstairs on the sofa and when I come down for school in the morning there he'll be, stretched out and snoring. When my father and mother are together there are two currents of air, like invisible clouds, that move with them and will not overlap. These clouds keep them separate even when they are together; they seem to be calling across a deep ditch.

"Okay, let's walk down by the warehouse."

"Why do you want to go down there?"

"Just for the hell of it."

"I got a lot of homework to do –"

"Are you trying to make me mad?"

The first day I met Ronnie was the first day they had moved into their house, about two months ago. Ronnie strolled up and down the street, looking around, an she saw me right away sitting up on our veranda, reading. She was wearing soiled white shorts that came down to her knees and a baggy pullover shirt that was her brother's. Her hands were shoved in her pockets as she walked. She said to me on that first day: "Hey, what are you doing? Are you busy or can I come up?"

Now she is my best friend and I do everything she says; almost everything. She keeps talking.

«Ja.»

Jetzt spricht sie immer schneller. Ich weiß, dass ihre Mutter nicht zu Hause ist, und darum will sie noch nicht heimgehen. Ihre Mutter ist immer irgendwo unterwegs. Niemand wagt es, Ronnie nach ihrer Mutter zu fragen. Bei uns zu Hause wartet meine Mutter irgendwo, oder vielleicht wartet sie gar nicht, sondern arbeitet im oberen Stockwerk und hört dabei Radio. Das Geschirr vom Abendessen hat sie weggeräumt. Mein Vater hat Nachtschicht. Wenn er heimkommt, wird er unten auf dem Sofa schlafen, und wenn ich am Morgen hinunter gehe, weil ich in die Schule muss, dann liegt er längelang da und schnarcht. Wenn meine Eltern zusammen sind, dann sind da zwei Luftströmungen wie unsichtbare Wolken, die ihnen folgen, aber sich nie vermischen. Diese Wolken trennen sie selbst dann, wenn sie zusammen sind; es ist, als riefen sie einander über einen tiefen Graben zu.

«Komm, lass uns runter zum Lagerhaus gehen.»

«Was willst du denn da?»

«Nur so, zum Spaß.»

«Ich muss noch meine Hausaufgaben machen...»

«Willst du, dass ich wütend werde?»

Ich lernte Ronnie an dem Tag kennen, als sie gerade in ihr Haus eingezogen waren, vor ungefähr zwei Monaten. Ronnie schlenderte die Straße auf und ab und sah sich um, und sie entdeckte mich sofort, wie ich oben auf unserer Veranda saß und las. Sie trug verschmierte weiße Shorts, die ihr bis zu den Knien gingen, und ein zu weites Sweatshirt, das ihrem Bruder gehörte. Ihre Hände hatte sie beim Gehen in den Taschen vergraben. Sie sagte damals zu mir: «He, was machst du denn gerade? Hast du zu tun, oder kann ich mal raufkommen?»

Jetzt ist sie meine beste Freundin, und ich tue alles, was sie sagt – fast alles. Sie redet weiter. Sie fasst einen gerne

She likes to touch people when she talks, tap them on the arm or nudge them. "Come on. You don't have nothing to do inside," she says, whining, wheedling, and I give in: We stroll down the block. Nobody sits outside any more at night, because it is too cold now. I am wearing a jacket and blue jeans, and Ronnie is wearing the same coat she wears to school: it used to be her mother's coat. It is made of shiny material, with black and fluorescent green splotches and tiny white umbrellas because it is a raincoat. As we walk down the street she points out houses we pass, telling me who the people are. "In there lives a fat old bastard, he goes to the bathroom in the sink," she says, her voice loud and helpful like a teacher's voice. "His name in Chanock or Chanick or some crappy name like that.

"How do you know about him?"

"I know lots of things, stupid. You think I'm lying?"

"No."

We walk on idly. We cross the street over toward Don's Drugstore. A few boys are standing around outside, leaning on their bicycles. When they see us coming they say, "Here comes that fat old cow Lay-zer," and they all laugh. Ronnie sticks out her tongue and says what she always says: a short loud nasty word that makes them laugh louder. When she does this I feel like laughing or running away, I feel as if something had opened in the ground before me – a great gaping crack in the sidewalk. The boys don't bother with me but keep on teasing Ronnie until we're past.

This street is darker. The houses are older, set back from the sidewalk with little plots of grass

an, während sie redet, tätschelt einem den Arm oder gibt einem einen Rippenstoß. «Komm schon. Du hast ja drinnen doch nichts zu tun», sagt sie maulend, lockend, und ich gebe schließlich nach. Wir gehen den Häuserblock entlang. Am Abend sitzt niemand mehr draußen, dazu ist es jetzt zu kalt. Ich habe eine Jacke an und Bluejeans, und Ronnie trägt denselben Mantel, den sie auch in der Schule trägt. Früher gehörte er mal ihrer Mutter. Er ist aus glänzendem Material mit schwarzen und leuchtend grünen Klecksen und mit kleinen Regenschirmen, denn es ist ein Regenmantel. Während wir die Straße entlang gehen, deutet sie auf einzelne Häuser und erzählt mir, wer dort wohnt. «Da wohnt so ein alter Fettsack, der pinkelt ins Waschbecken», sagt sie und spricht so laut und überdeutlich wie eine Lehrerin. «Er hat irgend so einen blöden Namen, Chanock oder Chanick oder so ähnlich.»

«Woher weißt du das über ihn?»

«Ich weiß ne Menge, du Dummkopf. Glaubst du, ich lüge?»

«Nein.»

Wir gehen langsam weiter. Dann überqueren wir die Straße, gegenüber von Don's Drugstore. Draußen stehen ein paar Jungs an ihre Fahrräder gelehnt. Als sie uns sehen, sagen sie: «Da kommt ja diese fette Kuh Lazer», und alle lachen. Ronnie streckt ihnen die Zunge heraus und sagt, was sie immer sagt: ein kurzes, hässliches Wort, über das die andern nur noch lauter lachen. Wenn sie das tut, möchte ich am liebsten auch lachen oder davonrennen. Mir ist dann so, als hätte sich vor mir in der Erde irgendwas aufgetan – ein breiter Riss im Gehweg. Mich beachten die Jungen gar nicht, aber Ronnie ärgern sie, bis wir an ihnen vorbei sind.

In dieser Straße ist es dunkler. Die Häuser sind älter, ein Stück vom Gehweg entfernt, und die kleinen Gras-

that are like mounds of graves in front of them. There are "boarders" in these houses. "Dirty old perverts," Ronnie calls them if we ever see them. One of the houses is vacant and kids come from all over to break windows and fool around, even though the police have chased them away. "In this next house is a man who does nasty things with a dog. I saw him out in the alley once," Ronnie says, snickering.

I have to take big steps to keep up with her. We're headed out toward the warehouse, which is boarded up, but everyone goes in there to play. I am afraid of the warehouse at night, because bums sometimes sleep there, but if I tell Ronnie, she'll snort with laughter and pinch me. Walking along fast, she says, "I sure don't want to miss that show on Saturday. You and me can go early," and then, whistling through her teeth, "One of these days that big dumpy warehouse is going to burn down. Wait and see."

Ronnie once lit a little fire in someone's garage, but it must have gone out because nothing happened. She wanted to get back at the people because she didn't like the girl who lived there, a girl ahead of us in school. At noon hour Ronnie and I sat alone to eat our lunches. If she was angry about something she could stare me down with her cold blue eyes that were like plastic cups; but other times she has to wipe at her eyes, saying, "This bastard who came home with her last night, he – He –" Or she talks bitterly of the other girls and how they all hate her because they're afraid of her. She has dirty hair, a dirty neck, and her dresses are just... just old baggy things passed down from

flächen davor sehen aus wie Grabhügel. Die Leute in diesen Häusern sind «Sozialfälle». «Perverse Schweine» nennt Ronnie sie, wenn wir mal jemanden zu sehen bekommen. Eins dieser Häuser steht leer, und von überall her kommen immer wieder Kinder, um die Scheiben einzuwerfen und Unfug zu machen, obwohl die Polizei sie schon weggejagt hat. «Im nächsten Haus wohnt einer, der macht eklige Sachen mit einem Hund. Ich hab ihn mal draußen beobachtet», sagt Ronnie und lacht gemein.

Ich muss mich anstrengen, um mit ihr Schritt zu halten. Wir gehen jetzt auf das Lagerhaus zu. Es ist zwar mit Brettern vernagelt, aber alle gehen hin, um zu dort spielen. Bei Dunkelheit habe ich Angst vor dem Lagerhaus, weil da manchmal Penner übernachten, aber wenn ich das Ronnie sage, wird sie nur verächtlich lachen und mich kneifen. Sie geht jetzt schnell und sagt: «Diese Show am Samstag will ich nicht verpassen. Wir sollten früh hingehen.» Und dann pfeift sie durch die Zähne: «Eines Tages wird dieses lausige Lagerhaus abbrennen. Wart's nur ab.»

Ronnie hat mal bei jemandem in der Garage ein kleines Feuer gelegt, aber es muss ausgegangen sein, denn es ist nichts passiert. Sie wollte den Leuten eins auswischen, weil sie das Mädchen, das dort wohnte, nicht leiden konnte. Das Mädchen war in der Schule eine Klasse über uns. In der Mittagspause saßen Ronnie und ich allein und aßen unser Mittagessen. Wenn sie sich über etwas ärgerte, dann konnte sie mich mit ihren kalten, blauen Augen, die aussahen wie Plastiktassen, so lange anstarren, bis ich wegsehen musste; aber manchmal muss sie sich die Augen wischen und sagt: «Dieser Dreckskerl, der letzte Nacht mit ihr nach Hause kam, der... Der...» Oder sie spricht hässlich von den anderen Mädchen, die sie nicht leiden können, weil sie Angst vor ihr haben. Sie hat fettiges Haar und einen ungewaschenen Hals, und ihre

someone else. At noon she often whispers to me about kids in the cafeteria, naming them one by one, telling me what she'll do to them when she gets around to it: certain acts with shears, razors, ice picks, butcher knives, acts described so vividly and with such passion that I feel sick.

Even when I'm not with Ronnie I feel a little sick, but not just in my stomach. It's all through my body: Ma always says, "Why do you run out when that big cow calls you? What do you see in her?" and I answer miserably, frightened, "I like her all right." But I have never thought about liking Ronnie. I have no choice. She has never given me the privilege of liking or disliking her, and if she knew I was thinking such a thought she would yank my hair out of my head.

Light from the street lamp falls onto the front and part of the side of the old warehouse. There is a basement entrance I am afraid of because of spiders and rats. Junk is stored in the warehouse, things we don't recognize and never bother to wonder about, parts from machines, rails, strange wheels that are solid metal and must weigh hundreds of pounds. "Let's climb in the window," I say to Ronnie. "The cellar way's faster," she says. "Please, let's go in the window," I beg. I have begun to tremble and don't know why. It seems to me that something terrible is waiting inside the warehouse.

Ronnie looks at me contemptuously. She is grave and large in the moonlight, her mother's shiny coat wrinkled tight across her broad shoulders. The way her eyes are in shadow makes me

Kleider sind... sind unförmige alte Sachen, die sie von irgendwem bekommen hat. Mittags in der Cafeteria tuschelt sie oft über die anderen Kinder, nennt sie nacheinander beim Namen und sagt mir dann, was sie mit ihnen machen wird, wenn sie sie zu fassen kriegt: es sind Dinge mit Gartenscheren, Rasiermessern, Eispickeln, Fleischermessern, Dinge, die sie so anschaulich und leidenschaftlich beschreibt, dass mir davon schlecht wird.

Selbst wenn Ronnie nicht bei mir ist, habe ich immer ein leichtes Gefühl von Übelkeit, nicht nur im Magen, sondern im ganzen Körper. Mama sagt immer: «Warum rennst du gleich los, wenn dieses große Trampel dich ruft? Was findest du nur an der?» Und ich sage unglücklich, ängstlich: «Ich mag sie halt.» Aber es ist mir nie eingefallen, Ronnie zu mögen. Ich habe gar keine andere Wahl. Sie hat mir nie Gelegenheit gegeben, sie zu mögen oder nicht zu mögen, und wenn sie ahnte, dass ich so etwas auch nur denke, würde sie mir sämtliche Haare ausreißen.

Von der Straßenlaterne fällt Licht auf die Fassade und einen Teil der Seitenmauer des alten Lagerhauses. Es gibt einen Kellereingang, vor dem ich mich aber graule wegen der Spinnen und Ratten. Drinnen liegt altes Zeug herum, mit dem wir nichts anfangen können und über das wir uns keine Gedanken machen: Maschinenteile, Schienen, seltsame Räder aus Metall, die ein paar Zentner wiegen müssen. «Lass uns durchs Fenster steigen», sage ich zu Ronnie. «Durch den Keller geht's schneller», sagt sie. «Bitte lass uns durchs Fenster steigen», bettle ich. Ich habe angefangen zu zittern und weiß nicht, warum. Mir ist, als erwartete uns etwas Schreckliches in dem Lagerhaus.

Ronnie wirft mir einen verächtlichen Blick zu. Im Mondlicht wirkt sie ernst und groß, der glänzende Mantel ihrer Mutter spannt sich straff über ihren breiten Schultern. Ihre Augen liegen im Schatten, und ich muss plötzlich an

think suddenly of a person falling backwards, falling down – onto something hard and sharp. That could happen. Inside the warehouse there are all kinds of strange, sharp things half hidden in the junk, rusty edges and broken glass from the windows that have been smashed. "Please, Ron, let's climb in the window," I beg.

She laughs and we go around to the window. There is an important board pulled out that makes a place for your foot. Then you jump up and put one knee on the window ledge, then you slide inside. The boards crisscrossing the window have been torn down a long time ago: Ronnie goes first and then helps me up. She says, "What if I let you go right now? You'd fall down and split your dumb head open!"

But she helps me crawl inside. Why do we like the warehouse so much? During the day I like to explore in it; we never get tired of all the junk and the places to hide and the view from the upstairs windows. Machines – nails and nuts and bolts underfoot – big crates torn apart and left behind, with mysterious black markings on their sides. The moonlight is strong enough for us to see things dimly. I am nervous, even though I know where everything is. I know this place. In my bed at night I can climb up into the warehouse and envision everything, remember it clearly, every part of it – it is our secret place; no grown-ups come here – I can remember the big sliver of glass that is like a quarter-moon, a beautiful shape, lying at the foot of the steps, and the thing we call the "tractor," and a great long dusty machine that is beside the stairs. When you touch it you feel first dust, then oil; beneath the dust there is

einen Menschen denken, der rückwärts fällt und stürzt – auf etwas Hartes und Kantiges. So etwas könnte passieren. Drinnen im Lagerhaus gibt es allerhand seltsame scharfkantige Gegenstände, die unter dem Abfall halb verborgen liegen: rostige Ecken und Scherben von den zerschlagenen Fensterscheiben. «Bitte, Ron, lass uns durchs Fenster steigen», bettle ich.

Sie lacht, und wir gehen zu dem Fenster an der Seite. Es gibt da ein Brett, das wichtig ist, weil es etwas vorsteht und dem Fuß Halt gibt. Dann stößt man sich ab und setzt das eine Knie auf das Fensterbrett, und dann schlupft man hinein. Die Bretter, mit denen das Fenster einmal über Kreuz vernagelt war, sind längst weggerissen worden. Ronnie steigt als erste hinauf und hilft mir dann. Sie sagt: «Und was ist, wenn ich dich jetzt loslasse? Dann fällst du runter und schlägst dir deinen blöden Schädel auf.»

Aber dann hilft sie mir hinein zu klettern. Was ist es, das wir an diesem Lagerhaus so lieben? Tagsüber stöbere ich gerne darin herum. Die alten Sachen, die Verstecke, der Blick aus den oberen Fenstern, das wird nie langweilig. Maschinen – auf dem Boden Nägel, Schrauben und Muttern – große Kisten, zerborsten und zurückgelassen, mit rätselhaften schwarzen Zeichen bemalt. Der Mond scheint so hell, dass wir die Umrisse der Dinge erkennen können. Ich bin beklommen, obwohl ich weiß, wo alles ist. Ich kenne mich hier aus. Nachts in meinem Bett kann ich in das Lagerhaus einsteigen und sehe alles vor mir, erinnere mich genau an alle Einzelheiten – es ist unser geheimer Ort, an den kein Erwachsener kommt – ich kann mich an die große Glasscherbe erinnern, die am Fuß der Treppe liegt und wie ein Viertelmond geformt ist, wunderschön; und an das Ding, das wir den «Traktor» nennen, und eine große, lange, staubbedeckte Maschine neben der Treppe. Wenn man sie berührt, fühlt man zuerst den Staub, dann Öl: unter dem Staub ist eine Öl-

a coating of oil. Three prongs rise out of one end like dull knives.

Ronnie bumps into something and says, "Oh Christ!" She is always bumping into things. One time when she hurt herself – fooling around with some bricks – she got angry at me for no reason and slapped me. She was always poking or pinching or slapping.... It occurs to me that I should kill her. She is like a big hulking dead body tied to me, the mouth fixed up for a grin and always ready to laugh, and we are sinking together into the water, and I will have to slash out at her to get free – I want to get free. So I say, beginning to shiver, "Should we go upstairs?"

"What's upstairs but pigeon crap?"

"We can look out the window."

"You and your goddam windows –"

She laughs because I like to look out of the windows; she likes to grub around instead in corners, prying things loose, looking under things for "treasure." She told me once that she'd found a silver dollar in the warehouse. But now I go ahead of her to the stairs, a strange keen sensation in my bowels, and she grumbles but comes along behind me. These old steps are filthy with dust and some of the boards sag. I know exactly where to step. Behind me, Ronnie is like a horse. The stairs are shaking. I wait for her at the top and in that second I can see out a window and over to the street light – but past that nothing, there is nothing to see at night! The street light has a cloudy halo about it, something that isn't real but seems real to my eye. Ronnie bounds up the stairs and I wait for her; sick with being so afraid, my heart pounding in a jerky, bouncy way

schicht. An ihrem einen Ende erheben sich drei Zinken wie stumpfe Messer.

Ronnie stößt gegen etwas und sagt: «Verdammt!» Immer stößt sie sich irgendwo. Einmal, als sie mit Backsteinen herumspielte, tat sie sich weh und wurde so wütend, dass sie mich ohne Grund ohrfeigte. Immer stieß und kniff und schlug sie einen... Es geht mir durch den Kopf, dass ich sie umbringen sollte. Sie ist wie eine große, massige Leiche, die an mich gefesselt ist, ihr Mund ein dauerndes Grinsen und immer bereit loszulachen, und wir versinken zusammen im Wasser, und ich werde auf sie losgehen müssen, um mich zu befreien – ich will mich befreien. Also sage ich und zittere dabei: «Wollen wir nach oben gehen?»

«Da oben ist doch nur Taubendreck.»

«Wir könnten aus dem Fenster sehen.»

«Du mit deinen blöden Fenstern...»

Sie lacht darüber, dass es mir Spaß macht, aus den Fenstern zu sehen; sie kramt lieber in den Ecken herum, bricht Dinge aus ihrer Halterung, stöbert nach «Schätzen». Einmal hat sie mir erzählt, sie hätte im Lagerhaus einen Silberdollar gefunden. Aber diesmal gehe ich voraus zur Treppe, ein seltsam gespanntes Gefühl im Bauch, während sie murrt, aber mir folgt. Diese alte Treppe ist dick mit Staub bedeckt, und einige der Bretter geben nach. Ich weiß genau, wo man hintreten muss. Hinter mir trampelt Ronnie wie ein Pferd. Die Stufen beben. Oben warte ich auf sie, und in diesem Augenblick schaue ich aus einem der Fenster und kann drüben die Straßenlaterne sehen – aber dahinter nichts weiter: bei Nacht kann man nichts sehen! Die Straßenlaterne hat einen milchigen Hof, etwas das nicht wirklich ist, aber meinem Auge wie wirklich erscheint. Ronnie kommt polternd herauf, und ich warte auf sie. Mir ist vor Aufregung ganz schlecht, mein Herz pocht unregelmäßig, stoßweise, als

as if it wanted to burst – but suddenly my heart is like another person inside me, nudging me and saying, "Do it! Do it!" When Ronnie is about two steps from the top I reach down and push her.

She falls at once. She falls over the side, her voice a screech that is yanked out into the air above her, and then her body hits the edge of that machine hard. She is screaming. I stand at the top, listening to her. Everything is dry and clear and pounding. She falls again, from the edge of the machine onto the floor, and now her scream is muffled as if someone had put his hand over her mouth.

I come down the stairs slowly. The air is hard and dry, like acid that burns my mouth, and I can't look anywhere except at Ronnie's twisting body. I wait for it to stop twisting. What if she doesn't die? At the base of the stairs I make a wide circle around her, brushing up against something and getting grease onto my jeans. –

There is this big girl half in the moonlight from the shattered window and half in the dark. Dust rolls in startled balls about her, aroused by her moans. She is bleeding. A dark stain explodes out from her and pushes the dust along before it, everything speeded up by her violent squirming, and I feel as if I must walk on tiptoe to keep from being seen by her.... Blood, all that blood! – it is like an animal crawling out from under her, like the shadows we drag around with, broken loose now and given its own life, twisting out from under her and grabbing her, big as she is. She cries out, "Sarah! Ma!" but I don't hear her: I am at the window already. "Ma!" she says. "Ma!"

wollte es zerspringen – aber auf einmal ist mein Herz wie eine andere Person in mir, die mir Rippenstöße gibt und sagt: « Tu's doch! Tu's doch! » Als Ronnie ungefähr die vorletzte Stufe erreicht hat, beuge ich mich vor und versetze ihr einen Stoß.

Sie stürzt augenblicklich. Sie stürzt über die Seite, ihre Stimme ein Kreischen, das in die Luft über ihr geschleudert wird, und dann schlägt ihr Körper schwer auf die Kante dieser Maschine. Sie schreit auf. Ich stehe oben und lausche. Alles ist trocken und klar und pocht. Sie fällt noch einmal, von der Kante der Maschine auf den Boden, und jetzt ist ihr Schrei erstickt, so als hätte ihr jemand die Hand auf den Mund gelegt.

Ich gehe langsam die Stufen nach unten. Die Luft ist hart und trocken, wie Säure, die mir den Mund verbrennt, und ich muss immer nur Ronnies sich windenden Körper ansehen. Ich warte, dass er aufhört, sich zu winden. Angenommen, sie stirbt nicht? Am Fuß der Treppe mache ich einen weiten Bogen um sie, streife irgend etwas und habe nun Schmierfett an meinen Jeans.

Da liegt dieses große Mädchen, halb im Mondlicht aus dem zerborstenen Fenster und halb im Dunkel. Staub wälzt sich in aufgeschreckten Wolken um sie herum, bewegt von ihrem Stöhnen. Sie blutet. Ein dunkler Fleck schießt aus ihr hervor und schiebt den Staub vor sich her, alles noch beschleunigt von ihren heftigen Zuckungen, und mir ist, als müsste ich auf Zehenspitzen gehen, damit sie mich nicht sehen kann... Blut, dieses viele Blut! – Es ist wie ein Tier, das unter ihr hervorkriecht, wie die Schatten, die wir mit uns schleppen, losgelöst jetzt und mit eigenem Leben versehen, unter ihr hervordringend und sie ergreifend, so groß wie sie ist. Sie ruft « Sarah! Mama! » aber ich höre sie nicht. Ich bin schon am Fenster. « Mama! » sagt sie. « Mama! » Ich

It does not seem that I am moving or hearing anything, but still my feet take me to the window and those words come to me from a distance, "Ma, help me!" and I think to myself that I will have to get to where those words won't reach.

At home our house is warm and my head aches because I am sleepy. I fall asleep on my bed without undressing, and the next day we all hear about Ronnie. "Fooling around in that old dump, I knew it was going to happen to somebody," my mother says grimly. "You stay the hell out of that place from now on. You hear?"

I tell her yes, yes. I will never go there again.

There is a great shadowy space about me, filled with waiting: waiting to cry, to feel sorry. I myself am waiting, my body is waiting the way it waited that night at the top of the steps. But nothing happens. Do you know that twenty years have gone by? I am still dark but not so skinny, I have grown into a body that is approved of by people who glance at me in the street, I have grown out of the skinny little body that knocked that clumsy body down – and I have never felt sorry. Never felt any guilt. I live in what is called a "colonial" house, on a lane of colonial houses called Meadowbrook Lane. Ours is the sixth house on the right. Our mailboxes are down at the intersection with a larger road... I am married and have children and I am still waiting to feel guilty, to feel some of Ronnie's pain, to feel the shock of that impact again as I felt it when she struck the prongs of the machine – but nothing happens. In my quiet, pleasant life, when my two boys are at school, I write stories I hope may be put on television

scheine mich nicht zu bewegen und nichts zu hören, und doch tragen mich meine Füße zum Fenster, aber diese Worte erreichen mich nur von ferne: «Mama, hilf mir!» Und ich denke, dass ich irgend wohin muss, wo diese Worte nicht hin dringen.

Daheim in unserem Haus ist es warm, und mein Kopf schmerzt, weil ich schläfrig bin. Ich schlafe auf meinem Bett ein, ohne mich auszuziehen, und am nächsten Tag hören wir alle von Ronnie. «In diesem alten Gemäuer herumzuturnen! Ich wusste ja, dass so was mal passieren würde», sagte meine Mutter grimmig. «Da gehst du von jetzt an nicht mehr hin, hast du mich verstanden!»

Ich sage ja, ja. Ich gehe da nie wieder hin.

Um mich herum ist ein großer, nebelhafter Raum, ausgefüllt mit Warten, Warten auf Tränen, auf Bedauern. Ich selbst warte, mein Körper wartet, so wie er an jenem Abend oben an der Treppe wartete. Aber nichts geschieht. Weißt du, dass inzwischen zwanzig Jahre vergangen sind? Ich bin noch immer dunkelhaarig, aber nicht mehr so mager, ich habe jetzt einen Körper, der den Leuten, die mir auf der Straße einen Blick zuwerfen, gefällt, ich habe den mageren kleinen Körper abgelegt, der diesen plumpen Körper hinunterstieß – und nie hat es mir leid getan. Nie habe ich Schuld empfunden. Ich wohne in einem Haus im sogenannten «Kolonialstil», in einer kleinen Straße namens Meadowbrook Lane, in der noch mehr Häuser im Kolonialstil stehen. Unseres ist das sechste auf der rechten Seite. Unsere Briefkästen stehen an der Kreuzung mit einer größeren Straße... Ich bin verheiratet und habe fünf Kinder und warte noch immer darauf, Schuld zu empfinden oder etwas von Ronnies Schmerz zu fühlen, den Schock dieses Aufpralls noch einmal so zu fühlen wie damals, als sie auf die Zinken dieser Maschine fiel – aber nichts geschieht. In meinem ruhigen, angenehmen Leben, wenn meine beiden Jungen in der Schule sind, schreibe ich Geschichten und hoffe,

someday – why not, why couldn't that miracle happen?

My stories are more real than my childhood; my childhood is just another story, but one written by someone else.

dass sie eines Tages im Fernsehen gesendet werden – warum nicht, warum sollte dieses Wunder nicht geschehen?

Meine Geschichten sind realer als meine Kindheit: auch meine Kindheit ist nur eine Geschichte, aber eine, die jemand anderes geschrieben hat.

Flannery O'Connor: The Crop

Miss Willerton always crumbed the table. It was her particular household accomplishment and she did it with great thoroughness. Lucia and Bertha did the dishes and Garner went into the parlor and did the *Morning Press* crossword puzzle. That left Miss Willerton in the dining room by herself and that was all right with Miss Willerton. Whew! Breakfast in that house was always an ordeal. Lucia insisted that they have a regular hour for breakfast just like they did for other meals. Lucia said a regular breakfast made for other regular habits, and with Garner's tendency to upsets, it was imperative that they establish some system in their eating. This way she could also see that he put the Agar-Agar on his Cream of Wheat. As if, Miss Willerton thought, after having done it for fifty years, he'd be capable of doing anything else. The breakfast dispute always started with Garner's Cream of Wheat and ended with her three spoonfuls of pineapple crush. "You know your acid, Willie," Miss Lucia would always say, "you know your acid"; and then Garner would roll his eyes and make some sickening remark and Bertha would jump and Lucia would look distressed and Miss Willerton would taste the pineapple crush she had already swallowed.

It was a relief to crumb the table. Crumbing the table gave one time to think, and if Miss Willerton were going to write a story, she had to think about it first. She could usually think best sitting in front of her typewriter, but this would do for the

Flannery O'Connor: Die Ernte

Miss Willerton fegte immer die Krümel vom Tisch. Es war ihr besonderer Beitrag zum Haushalt, und sie tat es mit großer Gründlichkeit. Lucia und Bertha machten den Abwasch, und Garner ging ins Wohnzimmer, um das Kreuzworträtsel der Morgenzeitung zu lösen. So blieb Miss Willerton im Esszimmer mit sich allein, und das war ihr auch ganz recht so. Puh! Frühstück in diesem Haus war immer eine Qual. Lucia bestand darauf, dass sie eine feste Zeit für das Frühstück hätten, ebenso wie für die anderen Mahlzeiten. Lucia sagte, dass eine feste Frühstückszeit förderlich sei für andere regelmäßige Gewohnheiten, und bei Garners Neigung zu Magenbeschwerden sei es unumgänglich, ein System in ihre Nahrungsaufnahme zu bringen. So könne sie auch darauf achten, dass er Agar-Agar auf seinen Weizenbrei tue. Als ob er, dachte Miss Willerton, nachdem er dies fünfzig Jahre lang getan hatte, noch fähig gewesen wäre, etwas anderes zu tun. Der Frühstücksstreit begann immer mit seinem Weizenbrei und endete mit ihren drei Löffelvoll Ananassaft. «Denk an deine Magensäure, Willie», sagte Miss Lucia jedesmal, «denk an deine Magensäure», und dann rollte Garner die Augen und machte irgendeine widerliche Bemerkung, woraufhin Bertha zusammenzuckte und Lucia ein verzweifeltes Gesicht machte, und dann stieß Miss Willerton der Ananassaft wieder auf.

Es war eine Wohltat, die Krümel vom Tisch zu fegen. Das gab einem Zeit nachzudenken, und wenn Miss Willerton eine Geschichte schreiben wollte, musste sie erst einmal darüber nachdenken. Normalerweise konnte sie am besten vor ihrer Schreibmaschine sitzend über-

time being. First, she had to think of a subject to write a story about. There were so many subjects to write stories about that Miss Willerton never could think of one. That was always the hardest part of writing a story, she always said. She spent more time thinking of something to write about than she did writing. Sometimes she discarded subject after subject and it usually took her a week or two to decide finally on something. Miss Willerton got out the silver crumber and the crumb-catcher and started stroking the table. I wonder, she mused, if a baker would make a good subject? Foreign bakers were very picturesque, she thought. Aunt Myrtile Filmer had left her four color-tints of French bakers in mushroom-looking hats. They were great tall fellows – blond and...

"Willie!" Miss Lucia screamed, entering the dining room with the saltcellars. "For heaven's sake, hold the catcher under the crumber or you'll have those crumbs on the rug. I've Bisseled it four times in the last week and I am not going to do it again."

"You have not Bisseled it on account of any crumbs I have spilled," Miss Willerton said tersely. "I always pick up the crumbs I drop," and she added, "I drop relatively few."

"And wash the crumber before you put it up this time," Miss Lucia returned.

Miss Willerton drained the crumbs into her hand and threw them out the window. She took the catcher and crumber to the kitchen and ran them under the cold-water faucet. She dried them and stuck them back in the drawer. That was over. Now she could get to the typewriter. She could stay there until dinnertime.

legen, aber dies hier würde es fürs erste auch tun. Zuerst musste sie sich ein Thema für die Geschichte einfallen lassen. Es gab so viele Themen, über die sie Geschichten hätte schreiben können, dass Miss Willerton nie eines einfiel. Dies ist immer der schwierigste Teil beim Schreiben einer Geschichte, pflegte sie zu sagen. Sie verbrachte mehr Zeit damit, sich ein Thema auszudenken, als damit, zu schreiben. Manchmal verwarf sie ein Thema nach dem anderen, und meistens brauchte sie eine Woche oder zwei, um sich endgültig für eines zu entscheiden. Miss Willerton holte den Tischbesen und die silberne Schaufel hervor und begann, den Tisch abzufegen. Ob vielleicht ein Bäcker ein gutes Thema abgäbe, überlegte sie. Bäcker in anderen Ländern waren sehr pittoresk, dachte sie. Ihre Tante Myrtile Filmer hatte ihr kolorierte Stiche von französischen Bäckern mit pilzförmigen Mützen hinterlassen. Sie waren tolle, hochgewachsene Kerle – blond und...

«Willie!» rief Miss Lucia, als sie mit dem Salzstreuer ins Esszimmer trat. «Um Himmels willen, halte die Schaufel unter den Besen, sonst fallen dir alle Krümel auf den Teppich. Ich habe ihn letzte Woche viermal gesaugt und ich werde es nicht schon wieder tun.»

«Du hast ihn nicht wegen irgendwelcher Krümel gesaugt, die ich verstreut habe», sagte Miss Willerton streng. «Ich hebe immer alle Krümel auf, die ich fallen lasse», und sie fügte hinzu: «Ich lasse nur recht wenige fallen.»

«Und mach diesmal den Tischbesen sauber, bevor du ihn weglegst», gab Miss Lucia zurück.

Miss Willerton fegte die Krümel in ihre Hand und warf sie aus dem Fenster. Sie brachte Besen und Schaufel in die Küche und hielt sie unter den Wasserhahn. Sie trocknete sie ab und legte sie zurück in die Schublade. Das war erledigt. Nun konnte sie sich an die Schreibmaschine setzen. Dort könnte sie bis zum Abendbrot bleiben.

Miss Willerton sat down at her typewriter and let out her breath. Now! What had she been thinking about? Oh. Bakers. Hmmm. Bakers. No, bakers wouldn't do. Hardly colorful enough. No social tension connected with bakers. Miss Willerton sat staring through her typewriter. A S D F G – her eyes wandered over the keys. Hmmm. Teachers? Miss Willerton wondered. No. Heavens no. Teachers always made Miss Willerton feel peculiar. Her teachers at Willowpool Seminary had been all right but they were women. Willowpool Female Seminary, Miss Willerton remembered. She didn't like the phrase, Willowpool Female Seminary – it sounded biological. She always just said she was a graduate of Willowpool. Men teachers made Miss Willerton feel as if she were going to mispronounce something. Teachers weren't timely anyhow. They weren't even a social problem.

Social problem. Social problem. Hmmm. Sharecroppers! Miss Willerton had never been intimately connected with sharecroppers but, she reflected, they would make as arty a subject as any, and they would give her that air of social concern which was so valuable to have in the circles she was hoping to travel! "I can always capitalize," she muttered, "on the hookworm:" It was coming to her now! Certainly! Her fingers plinked excitedly over the keys, never touching them. Then suddenly she began typing at great speed.

"Lot Motun," the typewriter registered, "called his dog." "Dog" was followcd by an abrupt pause. Miss Willerton always did her best work on the first sentence. "First sentences," she always said, "came to her – like a flash! Just like a flash!" she

Miss Willerton setzte sich an ihre Schreibmaschine und atmete auf. So! Worüber hatte sie nachgedacht? Ah ja. Bäcker. Hm. Bäcker. Nein, Bäcker waren nicht gut. Nicht farbig genug. Keine sozialen Spannungen im Bezug auf Bäcker. Miss Willerton starrte durch ihre Schreibmaschine hindurch. A S D F G – ihre Augen wanderten über die Tasten. Hmm. Lehrer? Miss Willerton überlegte. Nein. Um Gottes willen, nein. Lehrer gaben Miss Willerton immer ein sonderbares Gefühl. Ihre Lehrer an der Schule von Willowpool waren gut gewesen, aber sie waren Frauen. Bildungsanstalt für junge Frauen, Willowpool? erinnerte sich Miss Willerton. Sie mochte die Bezeichnung nicht, Bildungsanstalt für junge Frauen, Willowpool – es klang so biologisch. Sie sagte immer nur, sie sei Absolventin von Willowpool. Männliche Lehrer gaben Miss Willerton das Gefühl, dass sie gleich etwas falsch aussprechen werde. Lehrer waren jedenfalls nicht aktuell. Sie waren noch nicht einmal ein soziales Problem.

Soziales Problem. Soziales Problem. Hm. Sharecropper? Miss Willerton hatte nie in engerem Kontakt zu solchen armen Pächtern gestanden, aber, überlegte sie, sie würden ein ebenso künstlerisches Thema abgeben wie jedes andere. Und sie würden ihr den Anschein sozialen Engagements geben, was in den Kreisen, in die einzutreten sie sich erhoffte, sehr wertvoll war. «Da kann ich immer noch vom Hakenwurm profitieren», murmelte sie. Jetzt dämmerte es ihr. Na klar! Ihre Finger huschten aufgeregt über die Tasten, ohne sie zu berühren. Dann plötzlich fing sie mit großer Geschwindigkeit an zu tippen.

«Lot Motun», brachte die Schreibmaschine hervor, «rief seinen Hund.» «Hund» wurde gefolgt von einer abrupten Unterbrechung. Miss Willerton leistete ihre beste Arbeit immer beim ersten Satz. «Erste Sätze», pflegte sie zu sagen, «trafen sie – wie ein Blitz. Genau wie ein Blitz»,

would say and snap her fingers, "like a flash!" And she built her story up from them. "Lot Motun called his dog" had been automatic with Miss Willerton, and reading the sentence over, she decided that not only was "Lot Motun" a good name for a sharecropper, but also that having him call his dog was an excellent thing to have a sharecropper do. "The dog pricked up its ears and slunk over to Lot." Miss Willerton had the sentence down before she realized her error – two "Lots" in one paragraph. That was displeasing to the ear. The typewriter grated back and Miss Willerton applied three x's to "Lot." Over it she wrote in pencil, "him." Now she was ready to go again. "Lot Motun called his dog. The dog pricked up its ears and slunk over to him." Two dogs, too, Miss Willerton thought. Ummm. But that didn't affect the ears like two "Lots," she decided.

Miss Willerton was a great believer in what she called "phonetic art." She maintained that the ear was as much a reader as the eye. She liked to express it that way. "The eye forms a picture," she had told a group at the United Daughters of the Colonies, "that can be painted in the abstract, and the succcss of a literary venture" (Miss Willerton liked the phrase, 'literary venture') "depends on the abstract created in the mind and the tonal quality" (Miss Willerton also liked 'tonal quality') "registered in the ear." There was something biting and sharp about "Lot Motun called his dog"; followed by "the dog prickcd up its ears and slunk over to him," it gave the paragraph just the send-off it needed.

"He pulled the animal's short, scraggy ears and rolled over with it in the mud." Perhaps, Miss

sagte sie und schnippte dann mit den Fingern, « wie ein Blitz. » Und auf diesen ersten Sätzen baute sie ihre Geschichten auf. « Lot Motun rief seinen Hund » war Miss Willerton von selbst eingefallen, und als sie den Satz noch einmal las, fand sie, dass « Lot Motun » nicht nur ein guter Name für einen armen Pächter war, sondern dass es auch eine ausgezeichnete Sache war, ihn nach seinem Hund rufen zu lassen. « Der Hund spitzte seine Ohren und schlich hinüber zu Lot. » Miss Willerton hatte den Satz hingeschrieben, bevor sie sich ihres Fehlers bewusst wurde – zwei « Lots » in einem Absatz. Das klang nicht gut. Die Schreibmaschine quietschte zurück, und Miss Willerton tippte drei ‹ x › über ‹ Lot ›. Mit Bleistift schrieb sie ‹ ihm › darüber. Jetzt war sie bereit weiterzumachen. « Lot Motun rief seinen Hund. Der Hund spitzte seine Ohren und schlich hinüber zu ihm. » Zweimal hintereinander « Hund ». Aber das machte dem Ohr nicht soviel aus wie zwei « Lots », fand sie.

Miss Willerton war eine große Anhängerin von, wie sie es nannte, ‹ phonetischer Kunst ›. Sie betonte, das Ohr sei beim Lesen ebenso beteiligt wie das Auge. Sie drückte es gern auf diese Art aus. « Das Auge formt ein Bild », hatte sie eine Gruppe bei den « Vereinigten Töchtern der Kolonien » belehrt, « das abstrakt gemalt sein kann, und der Erfolg eines literarischen Unternehmens (Miss Willerton mochte den Ausdruck ‹ literarisches Unternehmen ›) hängt ab von dem Abstrakten, das im Geiste entsteht, und der klanglichen Qualität (Miss Willerton mochte auch ‹ klangliche Qualität ›), die vom Ohr wahrgenommen wird. » Da war etwas Beißendes und Scharfes an « Lot Motun rief seinen Hund », gefolgt von « der Hund spitzte seinen Ohren und schlich hinüber zu ihm », es gab dem Absatz genau den Schwung, den er brauchte.

« Er zog an den kurzen, mageren Ohren des Tieres und wälzte sich mit ihm im Schlamm. » Vielleicht, grübelte

Willerton mused, that would be overdoing it. But a sharecropper, she knew, might reasonably be expected to roll over in the mud. Once she had read a novel dealing with that kind of people in which they had done just as bad and, throughout three-fourths of the narrative, much worse. Lucia found it in cleaning out one of Miss Willerton's bureau drawers and after glancing at a few random pages took it between thumb and index finger to the furnace and threw it in. "When I was cleaning your bureau out this morning, Willie, I found a book that Garner must have put there for a joke," Miss Lucia told her later. "It was awful, but you know how Garner is. I burned it. And then, tittering, she added, "I was sure it couldn't be yours." Miss Willerton was sure it could be none other's than hers but she hesitated in claiming the distinction. She had ordered it from the publisher because she didn't want to ask for it at the library. It had cost her $ 3.75 with the postage and she had not finished the last four chapters. At least, she had got enough from it, though, to be able to say that Lot Motun might reasonably roll over in the mud with his dog. Having him do that would give more point to the hookworm, too, she decided. "Lot Motun called his dog. The dog pricked up its ears and slunk over to him. He pulled the animal's short, scraggy ears and rolled over with it in the mud."

Miss Willerton settled back. That was a good beginning. Now she would plan her action. There had to be a woman, of course. Perhaps Lot could kill her. That type of woman always started trouble. She might even goad him on to kill

Miss Willerton, war das übertrieben. Aber von einem armen Pächter, das wusste sie, war durchaus zu erwarten, dass er sich im Schlamm wälzte. Sie hatte einmal einen Roman gelesen, der sich mit Leuten dieser Art beschäftigte, und darin hatten sie sich genau so schlecht benommen und zu drei Vierteln der Handlung sogar noch schlechter. Lucia fand das Buch, als sie eine von Miss Willertons Schreibtischschubladen ausräumte, und nachdem sie einen Blick auf einige zufällig aufgeschlagene Seiten geworfen hatte, trug sie es zwischen Daumen und Zeigefinger zum Ofen und warf es hinein. «Als ich heute morgen deinen Schreibtisch ausräumte, Willie, fand ich ein Buch, das Garner zum Scherz dorthin gelegt haben muss», sagte Miss Lucia später zu ihr. «Es war schrecklich, aber du weißt ja, wie Garner ist. Ich habe es verbrannt.» Und kichernd fügte sie hinzu: «Ich war sicher, dass es nicht deins sein konnte.» Miss Willerton war sich sicher, dass es niemand anderem als ihr gehören konnte, aber sie zögerte, diesen Anspruch zu erheben. Sie hatte das Buch beim Verlag bestellt, weil sie nicht in der Bibliothek danach hatte fragen wollen. Es hatte sie drei Dollar fünfundsiebzig gekostet mit Porto, und die letzten vier Kapitel hatte sie noch nicht gelesen. Aber wenigstens hatte sie genug mitbekommen, um behaupten zu können, Lot Motun könne sich sehr wohl mit seinem Hund im Schlamm wälzen. Ihn dies tun zu lassen, würde auch den Hakenwurm glaubwürdiger erscheinen lassen, beschloss sie. «Lot Motun rief seinen Hund. Der Hund spitzte die Ohren und schlich hinüber zu ihm. Er zog an den kurzen, mageren Ohren des Tieres und wälzte sich mit ihm im Schlamm.»

Miss Willerton lehnte sich zurück. Das war ein guter Anfang. Nun würde sie die Handlung planen. Es müsste natürlich eine Frau mit im Spiel sein. Lot könnte sie vielleicht umbringen. Diese Sorte Frau fing immer Streit an. Sie könnte ihn sogar mit ihrer Boshaftigkeit so reizen,

her because of her wantonness and then he would be pursued by his conscience maybe.

He would have to have principles if that were going to be the case, but it would be fairly easy to give him those. Now how was she going to work that in with all the love interest there'd have to be, she wondered. There would have to be some quite violent, naturalistic scenes, the sadistic sort of thing one read of in connection with that class. It was a problem. However, Miss Willerton enjoyed such problems. She liked to plan passionate scenes best of all, but when she came to write them, she always began to feel peculiar and to wonder what the family would say when they read them. Garner would snap his fingers and wink at her at every opportunity; Bertha would think she was terrible; and Lucia would say in that silly voice of hers, "What have you been keeping from us, Willie? What have you been keeping from us?" and titter like she always did. But Miss Willerton couldn't think about that now; she had to plan her characters.

Lot would be tall, stooped, and shaggy but with sad eyes that made him look like a gentleman in spite of his red neck and big fumbling hands. He'd have straight teeth and, to indicate that he had some spirit, red hair. His clothes would hang on him but he'd wear them nonchalantly like they were part of his skin; maybe, she mused, he'd better not roll over with the dog after all. The woman would be more or less pretty – yellow hair, fat ankles, muddy-colored eyes.

She would get supper for him in the cabin and he'd sit there eating the lumpy grits she hadn't bothered to put salt in and thinking about some-

dass er sie tötete, und dann würde er vielleicht von seinem Gewissen geplagt.

In diesem Fall müsste er Prinzipien haben, aber es wäre ein Leichtes, ihm welche zu geben. Nur, wie sollte sie das mit der Liebeshandlung verbinden, die es ja geben musste, fragte sie sich. Es müsste ein paar ziemlich gewalttätige, naturgetreue Szenen geben mit jener Art von Sadismus, von dem man in Verbindung mit dieser Schicht immer las. Das war ein Problem. Aber wie dem auch sei, Miss Willerton genoss solche Probleme. Sie mochte es, leidenschaftliche Szenen zu planen, aber wenn es darum ging, sie zu schreiben, kam sie sich immer etwas merkwürdig vor und fragte sich, was die Familie wohl dazu sagen würde, wenn sie sie läsen. Garner würde mit den Fingern schnalzen und ihr bei jeder Gelegenheit zuzwinkern; Bertha würde sie für unmöglich halten; und Lucia würde in ihrer albernen Stimme sagen: « Was hast du uns verheimlicht, Willie? Was hast du uns verheimlicht? » und sie würde kichern wie sie es immer tat. Aber darüber konnte Miss Willerton jetzt nicht nachdenken, sie musste ihre Personen planen.

Lot müsste groß, gebeugt und struppig sein, aber er hätte traurige Augen, die ihn wie einen Gentleman aussehen ließen trotz seines roten Nackens und der großen, ungeschickten Hände. Er hätte gerade Zähne, und, um zu verdeutlichen, dass er über Energie verfügte, rotes Haar. Seine Kleider wären ihm viel zu weit, aber er trüge sie so unbekümmert, als seien sie Teil seiner Persönlichkeit; vielleicht, überlegte sie, sollte er sich doch besser nicht mit dem Hund im Schlamm wälzen. Die Frau wäre mehr oder weniger hübsch – strohblondes Haar, geschwollene Füße und Augen von unbestimmter Farbe.

Sie würde ihm Abendessen machen in der Hütte, und dort würde er sitzen und die klumpige Hafergrütze essen, die sie nicht einmal gesalzen hätte, und er würde über et-

thing big, something way off – another cow, a painted house, a clean well, a farm of his own even. The woman would yowl at him for not cutting enough wood for her stove and would whine about the pain in her back. She'd sit and stare at him eating the sour grits and say he didn't have nerve enough to steal food. "You're just a damn beggar!" she'd sneer. Then he'd tell her to keep quiet. "Shut your mouth!" he'd shout. "I've taken all I'm gonna." She'd roll her eyes, mocking him, and laugh – "I ain't afraid er nothin' that looks like you." Then he'd push his chair behind him and head toward her. She'd snatch a knife off the table – Miss Willerton wondered what kind of a fool the woman was – and back away holding it in front of her. He'd lunge forward but she'd dart from him like a wild horse. Then they'd face each other again – their eyes brimming with hate – and sway back and forth. Miss Willerton could hear the seconds dropping on the tin roof outside. He'd dart at her again but she'd have the knife ready and would plunge it into him in an instant – Miss Willerton could stand it no longer. She struck the woman a terrific blow on the head from behind. The knife dropped out of her hands and a mist swept her from the room. Miss Willerton turned to Lot. "Let me get you some hot grits," she said. She went over to the stove and got a clean place of smooth white grits and a piece of butter.

"Gee, thanks," Lot said and smiled at her with his nice teeth. "You always fix 'em just right. You know," he said, "I been thinkin' – we could get out of this tenant farm. We could have a

was Großes und Ausgefallenes nachdenken – eine weitere Kuh, einen neuen Anstrich für das Haus, einen sauberen Brunnen, vielleicht sogar eine eigene Farm. Die Frau würde mit ihm schimpfen, weil er nicht genug Holz für ihren Herd gehackt hätte und würde über ihre Rückenschmerzen jammern. Sie würde dasitzen und ihn anstarren, wie er die saure Grütze aß und sagen, er habe nicht genug Mumm, Essen zu stehlen. «Du bist nichts als ein verdammter Bettler», würde sie spotten. Dann würde er ihr sagen, sie solle ruhig sein. «Halt deinen Mund!» würde er rufen. «Ich hab jetzt genug.» Sie würde mit den Augen rollen, um sich über ihn lustig zu machen, und lachen – «vor einem, der aussieht wie du, habe ich keine Angst.» Dann würde er seinen Stuhl umwerfen und auf sie losgehen. Sie würde sich ein Messer vom Tisch schnappen – Miss Willerton dachte bei sich, was die Frau doch für ein Dummkopf sei – und es vor sich halten, während sie sich zurückzog. Er würde vorstürzen, aber sie würde vor ihm ausweichen wie ein wildes Pferd. Dann würden sie sich gegenüberstehen – ihre Augen hasserfüllt – und hin- und herschwanken. Miss Willerton konnte die Sekunden draußen auf das Blechdach tropfen hören. Er würde sich erneut auf sie stürzen, aber sie hielte das Messer bereit und würde es jeden Augenblick in ihn hineinstoßen – Miss Willerton hielt es nicht länger aus. Von hinten gab sie der Frau einen mächtigen Schlag über den Schädel. Das Messer fiel ihr aus der Hand, und ein Nebel fegte sie aus dem Zimmer. Miss Willerton wandte sich um zu Lot. «Ich werde dir etwas heiße Grütze bringen», sagte sie. Sie ging hinüber zum Herd und holte einen sauberen Teller mit feiner Grütze und einem Stück Butter.

«Ah, danke», sagte Lot und lächelte sie mit seinen schönen Zähnen an. «Du machst sie immer genau richtig. Weißt du», sagte er, «ich habe nachgedacht. Wir könnten runterkommen von diesem Pachtland. Wir könnten ein

decent place. If we made anything this year over, we could put it in a cow an' start buildin' things up. Think what it would mean, Willie, just think."

She sat down beside him and put her hand on his shoulder. "We'll do it," she said. "We'll make better than we've made any year and by spring we should have us that cow."

"You always know how I feel, Willie," he said. "You always have known."

They sat there for a long time thinking of how well they understood each other. "Finish your food," she said finally.

After he had eaten, he helped her take the ashes out the stove and then, in the hot July evening, they walked down the pasture toward the creek and talked about the place they were going to have some day.

When late March came and the rainy season was almost there, they had accomplished almost more than was believable. For the past month, Lot had been up every morning at five, and Willie an hour earlier to get in all the work they could while the weather was clear. Next week, Lot said, the rain would probably start and if they didn't get the crop in by then, they would lose it – and all they had gained in the past months. They knew what that meant – another year of getting along with no more than they'd had the last. Then too, there'd be a baby next year instead of a cow. Lot had wanted the cow anyway. "Children don't cost all that much to feed," he'd argued, "an' the cow would help feed him," but Willie had been firm – the cow could come later – the child must have a good start.

anständiges Heim haben. Wenn wir dieses Jahr etwas Geld übrig hätten, könnten wir damit eine Kuh kaufen und anfangen, etwas aufzubauen. Denk nur, was das bedeuten würde, Willie. Denk nur.»

Sie setzte sich neben ihn und legte ihre Hand auf seine Schulter. «Wir werden es schaffen», sagte sie. «Wir werden mehr erwirtschaften als all die anderen Jahre, und im Frühling werden wir unsere Kuh haben.»

«Du weißt immer, wie ich mich fühle, Willie», sagte er. «Du hast es immer gewusst.»

So saßen sie eine lange Zeit beisammen und dachten, wie gut sie einander verstünden. «Iss auf», sagte sie schließlich.

Nachdem er gegessen hatte, half er ihr, die Asche aus dem Herd zu holen und danach, in der Hitze des Juliabends, spazierten sie über die Weide zum Bach und sprachen über das zu Hause, das sie eines Tages haben würden.

Ende März, als die Zeit des Regens beinahe da war, hatten sie mehr erarbeitet, als sie geglaubt hatten. Den letzten Monat war Lot jeden Morgen um fünf Uhr aufgewesen und Willie eine Stunde später, um so viel Arbeit weg zu schaffen wie sie konnten, solange das Wetter noch trocken war. Nächste Woche, sagte Lot, würde vermutlich der Regen einsetzen, und wenn sie die Ernte nicht bis dahin eingebracht hätten, würden sie sie verlieren – und alles, was sie in den letzten Monaten erarbeitet hatten. Sie wussten, was das bedeutete – noch ein weiteres Jahr mit ebensowenig auskommen zu müssen wie im letzten Jahr. Überdies hätten sie nächstes Jahr ein Baby anstelle einer Kuh. Lot hatte die Kuh in jedem Fall gewollt. «Es ist gar nicht so teuer, ein Kind satt zu kriegen», hatte er argumentiert, «und die Kuh würde helfen, es zu ernähren.» Aber Willie war hart geblieben – die Kuh könnte später kommen – das Kind müsste einen guten Start ha-

"Maybe," Lot had said finally, "we'll have enough for both," and he had gone out to look at the new-plowed ground as if he could count the harvest from the furrows.

Even with as little as they'd had, it had been a good year. Willie had cleaned the shack, and Lot had fixed the chimney. There was a profusion of petunias by the doorstep and a colony of snapdragons under the window. It had been a peaceful year. But now they were becoming anxious over the crop. They must gather it before the rain. "We need another week," Lot muttered when he came in that night. "One more week an' we can do it. Do you feel like gatherin'? It isn't right that you should have to," he sighed, "but I can't hire any help."

"I'm all right," she said, hiding her trembling hands behind her. "I'll gather."

"It's cloudy tonight," Lot said darkly.

The next day they worked until nightfall – worked until they could work no longer and then stumbled back to the cabin and fell into bed.

Willie woke in the night conscious of a pain. It was a soft, green pain with purple lights running through it. She wondered if she were awake. Her head rolled from side to side and there were droning shapes grinding boulders in it.

Lot sat up. "Are you bad off?" he asked, trembling.

She raised herself on her elbow and then sank down again. "Get Anna up by the creek," she gasped.

The droning became louder and the shapes grayer. The pain intermingled with them for seconds first, then interminably. It came again and again.

ben. « Vielleicht », hatte Lot schließlich gesagt, « werden wir genug für beides haben », und er war hinaus gegangen, um sich den frisch gepflügten Acker anzusehen, als könnte er dessen Ertrag an den Furchen abzählen.

Sogar mit dem wenigen, das sie gehabt hatten, war es ein gutes Jahr gewesen. Willie hatte die Hütte sauber gemacht, Lot hatte den Schornstein repariert. An der Türschwelle wogte ein Meer von Petunien, und unter dem Fenster wuchs eine Kolonie Löwenmäulchen. Es war ein friedvolles Jahr gewesen. Aber nun sorgten sie sich um die Ernte. Sie mussten sie vor dem Regen einbringen. « Wir brauchen noch eine Woche », murmelte Lot, als er an diesem Abend heimkam. « Noch einen Woche, und wir schaffen es. Fühlst du dich imstande zu ernten? Es ist nicht recht, dass du es tun musst », seufzte er, « aber ich kann mir keine Hilfe leisten. »

« Mir geht es gut », sagte sie und versteckte ihre zitternden Hände hinter sich. « Ich werde mit ernten. »

« Es ist wolkig heute abend », sagte Lot düster.

Am nächsten Tag arbeiteten sie bis zum Einbruch der Nacht – arbeiteten, bis sie nicht mehr konnten, stolperten zurück zur Hütte und fielen ins Bett.

In der Nacht erwachte Willie durch einen Schmerz. Es war ein weicher, grüner Schmerz, durch den lila Lichter zuckten. Sie fragte sich, ob sie bei Bewusstsein war. In ihrem Kopf, der von einer Seite zur anderen rollte, waren Gestalten, die dröhnend einen Felsbrocken zermalmten.

Lot setzte sich auf. « Geht es dir schlecht? » fragte er zitternd.

Sie stützte sich auf ihren Ellbogen und sank dann zurück. « Hol Anna von oben am Bach », keuchte sie.

Das Dröhnen wurde lauter, und die Gestalten wurden grauer. Der Schmerz vermischte sich mit ihnen, für Sekunden erst, dann unaufhörlich. Er kam wieder und

The sound of the droning grew more distinct and toward morning she realized that it was rain. Later she asked hoarsely, "How long has it been raining?"

"Most two days, now," Lot answered.

"Then we lost." Willie looked listlessly out at the dripping trees. "It's over."

"It isn't over," he said softly. "We got a daughter."

"You wanted a son."

"No, I got what I wanted – two Willies instead of one – that's better than a cow, even," he grinned. "What can I do to deserve all I got, Willie?" He bent over and kissed her forehead.

"What can I?" she asked slowly. "And what can I do to help you more?"

"How about your going to the grocery, Willie?"

Miss Willerton shoved Lot away from her. "W-what did you say, Lucia?" she stuttered...

"I said how about your going to the grocery this time? I've been every morning this week and I'm busy now."

Miss Willerton pushed back from the typewriter. "Very well," she said sharply. "What do you want there?"

"A dozen eggs and two pounds of tomatoes – ripe tomatoes – and you'd better start doctoring that cold right now. Your eyes are already watering and you're hoarse. There's Empirin in the bathroom. Write a check on the house for the groceries. And wear your coat. It's cold."

Miss Willerton rolled her eyes upward. "I am forty-four years old," she announced, "and able to take care of myself."

"And get ripe tomatoes," Miss Lucia returned.

wieder. Das Geräusch des Dröhnens wurde deutlicher, und gegen Morgen wurde ihr klar, dass es der Regen war. Später fragte sie heiser: «Wie lange regnet es schon?»

«Seit fast zwei Tagen», sagte Lot.

«Dann haben wir verloren.» Willie sah mutlos hinaus zu den tropfenden Bäumen. «Es ist aus.»

«Es ist nicht aus», sagte er sanft, «wir haben eine Tochter.»

«Du wolltest einen Sohn.»

«Nein, ich habe, was ich wollte – zwei Willies anstatt einer – das ist sogar besser als eine Kuh», grinste er. «Was kann ich nur tun, um all das zu verdienen, Willie?» Er beugte sich vor und küsste sie auf die Stirn.

«Was kann ich», fragte sie langsam, «und was kann ich tun, um dir mehr zu helfen?»

«Wie wäre es, wenn du zum Lebensmittelhändler gehen würdest, Willie?»

Miss Willerton schob Lot von sich. «W-was hast du gesagt, Lucia?» stotterte sie.

«Ich sagte, wie wäre es, wenn du diesmal zum Lebensmittelhändler gehen würdest? Ich war diese Woche jeden Morgen und habe jetzt zu tun.»

Miss Willerton sprang von der Schreibmaschine auf. «Also gut», sagte sie scharf, «was brauchst du von dort?»

«Ein Dutzend Eier und zwei Pfund Tomaten – reife Tomaten – und du fängst am besten gleich damit an, diese Erkältung zu kurieren. Deine Augen tränen, und du bist heiser. Im Badezimmer ist Medizin. Stell beim Lebensmittelhändler einen Scheck aus. Und zieh deinen Mantel an. Es ist kalt.»

Miss Willerton verdrehte die Augen. «Ich bin vierundvierzig Jahre alt», bemerkte sie, «ich kann auf mich selbst aufpassen.»

«Und kauf' reife Tomaten», gab Miss Lucia zurück.

Miss Willerton, her coat buttoned unevenly, tramped up Broad Street and into the supermarket. "What was it now?" she muttered. "Two dozen eggs and a pound of tomatoes, yes." She passed the lines of canned vegetables and the crackers and headed for the box where the eggs were kept. But there were no eggs. "Where are the eggs?" she asked a boy weighing snapbeans.

"We ain't got nothin' but pullet eggs," he said, fishing up another handful of beans.

"Well, where are they and what is the difference?" Miss Willerton demanded.

He threw several beans back into the bin, slouched over to the egg box and handed her a carton. "There ain't no difference really," he said, pushing his gum over his front teeth. "A teenage chicken or somethin', I don't know. You want 'em?"

"Yes, and two pounds of tomatoes. Ripe tomatoes," Miss Willerton added. She did not like to do the shopping. There was no reason those clerks should be so condescending. That boy wouldn't have dawdled with Lucia. She paid for the eggs and tomatoes and left hurriedly. The place depressed her somehow.

Silly that a grocery should depress one – nothing in it but trifling domestic doings – women buying beans – riding children in those grocery go-carts – higgling about an eighth of a pound more or less of squash – what did they get out of it? Miss Willerton wondered. Where was there any chance for self-expression, for creation, for art? All around her it was the same – sidewalks full of people scurrying about with their hands full of little packages and their minds full of little

Mit unregelmäßig geknöpftem Mantel marschierte Miss Willerton die Broad Street hinauf zum Lebensmittelladen. « Wie war das doch gleich? » murmelte sie. « Zwei Dutzend Eier und ein Pfund Tomaten, ja. » Sie ging an den Stapeln von Gemüsekonserven und Keksen vorbei zu dem Kasten, in dem die Eier aufbewahrt wurden. Aber da waren keine Eier. « Wo sind die Eier? » fragte sie einen Jungen, der gerade Brechbohnen abwog.

« Wir haben nur Junghenneneier », sagte er, während er sich eine weitere Handvoll Bohnen fischte.

« Also gut, wo sind sie und was ist der Unterschied? » wollte Miss Willerton wissen.

Er warf ein paar Bohnen zurück in die Kiste, latschte hinüber zu dem Eierkasten und reichte ihr einen Karton. « Es gibt eigentlich keinen richtigen Unterschied », sagte er, indem er seinen Kaugummi über die Vorderzähne schob, « ein Teenagerhuhn oder so, ich hab keine Ahnung. Wollen Sie die? »

« Ja, und zwei Pfund Tomaten. Reife Tomaten », fügte Miss Willerton hinzu. Sie ging nicht gerne einkaufen. Die Verkäufer hatten keinen Grund, so herablassend zu sein. Mit Miss Lucia wäre dieser Junge nicht so umgesprungen. Sie bezahlte die Eier und Tomaten und verließ eilig den Laden. Der Ort deprimierte sie irgendwie.

Albern, dass ein Lebensmittelladen einen deprimieren sollte – nichts darin als oberflächliche, häusliche Tätigkeiten – Frauen, die Bohnen kauften – die Kinder in Einkaufswagen herumfuhren – die um ein Achtelpfund Kürbis mehr oder weniger feilschten – was hatten sie davon? fragte sich Miss Willerton. Wo gab es da eine Möglichkeit, sich selbst auszudrücken, eine Chance für Schöpferisches, für Kunst? Überall um sie herum war es das Gleiche – Bürgersteige voller Leute, die herumhasteten, in ihren Händen und Köpfen lauter kleine Päckchen – die Frau dort mit dem Kind an der Leine, die es zog und

packages – that woman there with the child on the leash, pulling him, jerking him, dragging him away from a window with a jack-o'-lantern in it; she would probably be pulling and jerking him the rest of her life. And there was another, dropping a shopping bag all over the street, and another wiping a child's nose, and up the street an old woman was coming with three grandchildren jumping all over her, and behind them was a couple walking too close for refinement.

Miss Willerton looked at the couple sharply as they came nearer and passed. The woman was plump with yellow hair and fat ankles and muddy-colored eyes. She had on high-heel pumps and blue anklets, a too-short cotton dress, and a plaid jacket. Her skin was mottled and her neck thrust forward as if she were sticking it out to smell something that was always being drawn away. Her face was set in an inane grin. The man was long and wasted and shaggy. His shoulders were stooped and there were yellow knots along the side of his large, red neck. His hands fumbled stupidly with the girl's as they slumped along, and once or twice he smiled sickly at her and Miss Willerton could see that he had straight teeth and sad eyes and a rash over his forehead.

"Ugh," she shuddered.

Miss Willerton laid the groceries on the kitchen table and went back to her typewriter. She looked at the paper in it. "Lot Motun called his dog," it read. "The dog pricked up its ears and slunk over to him. He pulled the animal's short, scraggy ears and rolled over with it in the mud."

"That sounds awful!" Miss Willerton muttered. "It's not a good subject anyway," she decided. She

schob und von dem Schaufenster wegzerrte, in dem eine Kürbislaterne stand, sie würde es vermutlich sein Leben lang ziehen und schieben. Und dort war eine andere, der die Einkäufe aus der Tasche über die ganze Straße kullerten und eine andere, die eine Kindernase putzte. Weiter oben kam eine alte Frau die Straße herauf, deren drei Enkelkinder an ihr herumsprangen, und hinter ihr war ein Pärchen, das so eng umschlungen lief, dass es fast unanständig war.

Miss Willerton sah das Pärchen scharf an, als es näherkam und vorüberging. Die Frau war plump mit strohblondem Haar und geschwollenen Füßen und Augen von unbestimmter Farbe. Sie trug hochhackige Pumps und blaue Söckchen, ein zu kurzes Baumwollkleid und eine karierte Jacke. Ihre Haut war fleckig und ihr Hals war vorgeschoben, als ob sie ihn ausstreckte, um etwas zu erschnüffeln, das dauernd vor ihr weggezogen wurde. Auf ihrem Gesicht lag ein dümmliches Grinsen. Der Mann war groß und verhärmt und struppig. Seine Schultern waren gebeugt, und seitlich an seinem langen, roten Hals waren gelbliche Knoten. Seine Hände spielten ungeschickt mit denen des Mädchens herum, während sie so dahertrotteten, und ein- oder zweimal lächelte er das Mädchen zaghaft an, und Miss Willerton konnte sehen, dass er gerade Zähne hatte und traurige Augen und einen Ausschlag auf der Stirn.

« Igitt « , schüttelte sie sich.

Miss Willerton legte die Lebensmittel auf den Küchentisch und ging zurück zur Schreibmaschine. Sie schaute auf das eingespannte Blatt Papier. « Lot Motun rief seinen Hund », stand da. « Der Hund spitzte die Ohren und schlich hinüber zu ihm. Er zog an den kurzen, mageren Ohren des Tieres und wälzte sich mit ihm im Schlamm. »

« Das klingt fürchterlich », murmelte Miss Willerton. « Es ist sowieso kein gutes Thema », fand sie. Sie brauchte

needed something more colorful – more arty. Miss Willerton looked at her typewriter for a long time. Then of a sudden her fist hit the desk in several ecstatic little bounces. "The Irish!" she squealed. "The Irish!" Miss Willerton had always admired the Irish. Their brogue, she thought, was full of music; and their history – splendid! And the people, she mused, the Irish people! They were full of spirit – red-haired, with broad shoulders and great, drooping mustaches.

etwas, das farbiger, künstlerischer war. Miss Willerton blickte lange Zeit auf ihre Schreibmaschine. Dann plötzlich schlug ihre Faust in mehreren ekstatischen, kleinen Schlägen auf den Schreibtisch. « Die Iren ! » rief sie aus, « die Iren ! » Miss Willerton hatte die Iren schon immer bewundert. Ihr Akzent, fand sie, war voller Musik; und ihre Geschichte – fabelhaft ! Und das Volk, sinnierte sie, das irische Volk ! Sie waren voller Geist – rothaarig, mit breiten Schultern und großen herunterhängenden Schnurrbärten.

John Updike: A & P

In walks these three girls in nothing but bathing suits. I'm in the third checkout slot, with my back to the door, so I don't see them until they're over by the bread. The one that caught my eye first was the one in the plaid green two-piece. She was a chunky kid, with a good tan and a sweet broad soft-looking can with those two crescents of white just under it, where the sun never seems to hit, at the top of the backs of her legs. I stood there with my hand on a box of Hi-Ho crackers trying to remember if I rang it up or not. I ring it up again and the customer starts giving me hell. She's one of these cash-register-watchers, a witch about fifty with rouge on her cheekbones and no eyebrows, and I know it made her day to trip me up. She'd been watching cash registers for fifty years and probably never seen a mistake before.

By the time I got her feathers smoothed and her goodies into a bag – she gives me a little snort in passing, if she'd been born at the right time they would have burned her over in Salem – by the time I get her on her way the girls had circled around the bread and were coming back, without a pushcart, back my way along the counters, in the aisle between the checkouts and the Special bins. They didn't even have shoes on. There was this chunky one, with the two-piece – it was bright green and the seams on the bra were still sharp and her belly was still pretty pale so I guessed she just got it (the suit) – there

John Updike: A & P

Da kommen diese drei Mädchen rein, mit nichts an als ihren Badesachen. Ich sitze an Kasse drei und hab den Rücken zur Tür, so dass ich sie erst sehe, als sie drüben beim Brot sind. Zuerst ist mir die mit dem grün karierten Bikini aufgefallen. Sie war eine kleine Mollige, knusprig braungebrannt, mit einem süßen runden, knackigen Hintern, unter dem sie zwei schmale weiße Halbmonde hatte, da wo die Sonne nicht hinkommt, ganz oben an der Rückseite ihrer Oberschenkel. Ich stand da, in der Hand eine Packung HiHo-Cracker, und wusste nicht mehr, ob ich sie schon eingetippt hatte. Ich tippe sie nochmal ein, und schon giftet die Kundin mich an. Sie ist eine von denen, die an der Kasse ganz genau aufpassen, eine alte Hexe um die fünfzig mit Rouge auf den Wangen und ohne Augenbrauen, und ich weiß sofort, es ist ein inneres Fest für sie, dass sie mich ertappt hat. Wahrscheinlich hat sie seit fünfzig Jahren jedem Kassierer auf die Finger geguckt und noch nie einen Fehler entdecken können.

Als ich sie endlich beruhigt habe und ihre Sachen in einer Tüte verstaut sind – im Weggehen schnaubt sie nochmal durch die Nase, dafür wäre sie drüben in Salem bestimmt auf den Scheiterhaufen gekommen, wenn sie zur richtigen Zeit gelebt hätte – als ich sie endlich hinauskomplimentiert habe, waren die Mädchen wieder hinter dem Brot aufgetaucht und kamen in dem Gang zwischen den Kassen und den Sonderangeboten zurück in meine Richtung, ohne Einkaufswagen. Sie hatten nicht einmal Schuhe an. Da war die Mollige mit dem Bikini – er war leuchtend grün, und die Nähte des Oberteils waren noch deutlich zu sehen, und ihr Bauch war noch ziemlich blass, so dass ich annahm, dass sie ihn gerade erst gekauft hatte (den Bikini) – da

was this one, with one of those chubby berry-faces, the lips all bunched together under her nose, this one, and a tall one, with black hair that hadn't quite frizzed right, and one of these sunburns right across under the eyes, and a chin that was too long – you know, the kind of girl other girls think is very "striking" and "attractive" but never quite makes it, as they very well know, which is why they like her so much – and then the third one, that wasn't quite so tall. She was the queen. She kind of led them, the other two peeking around and making their shoulders round. She didn't look around, not this queen, she just walked straight on slowly, on these long white primadonna legs. She came down a little hard on her heels, as if she didn't walk in bare feet that much, putting down her heels and then letting the weight move along to her toes as if she was testing the floor with every step, putting a little deliberate extra action into it. You never know for sure how girls' minds work (do you really think it's a mind in there or just a little buzz like a bee in a glass jar?) but you got the idea she had talked the other two into coming in here with her, and now she was showing them how to do it, walk slow and hold yourself straight.

She had on a kind of dirty-pink – beige maybe, I don't know – bathing suit with a little nubble all over it and, what got me, the straps were down. They were off her shoulders looped loose around the cool tops of her arms, and I guess as a result the suit had slipped a little on her, so all around the top of the cloth there was this shining rim. If it hadn't been there you wouldn't have known there could have been anything whiter than those

war also die, und sie hatte ein Gesicht wie eine Erdbeere und ein rundes Schnütchen – also die, und dann eine große mit schwarzem Haar, bei dem etwas mit der Dauerwelle nicht stimmte, und unter den Augen hatte sie einen Sonnenbrand quer übers Gesicht und ein zu langes Kinn – sie war eine von denen, na Sie wissen schon, die von ihren Freundinnen immer «faszinierend» und «attraktiv» genannt werden und die doch irgendwie nicht ankommen, und das wissen die Freundinnen auch genau, gerade deshalb mögen sie sie ja – und dann die dritte, die nicht ganz so groß war. Sie war die Queen. Sie ging vorneweg, und die beiden andern gingen dicht hinter ihr und hielten die Köpfe gesenkt. Sie sah nicht links und nicht rechts, diese Königin, sie ging einfach langsam geradeaus auf ihren langen, weißen Primadonnabeinen. Sie setzte ihre Fersen ein bisschen hart auf, so als ob sie das Barfußgehen nicht gewöhnt war, trat mit der Ferse auf und ließ dann ihr Gewicht über die Zehen abrollen, als wollte sie mit jedem Schritt den Boden prüfen und als täte sie das alles sehr bewusst. Man weiß ja nie ganz genau, was in so einem Mädchenkopf vor sich geht (glauben Sie, da geht überhaupt was vor, oder ist da nur ein leises Summen wie von einer Biene in einem Marmeladenglas?), aber man merkte, dass sie die beiden anderen dazu überredet hatte mitzukommen, und jetzt zeigte sie ihnen, wie man das macht, ganz langsam gehen und sich gerade halten.

Sie trug einen Badeanzug in so einer Art verwaschenem Rosa – vielleicht war es Beige, was weiß ich – der mit lauter kleinen Noppen besetzt war, und das Tollste war, sie hatte die Träger runtergelassen. Die hingen lose von ihren Schultern auf ihre kühlen Oberarme, und ich nehme mal an, dass ihr Badeanzug deswegen ein bisschen heruntergerutscht war, so dass oben herum überall so ein heller Streifen heraussah. Wenn der nicht gewesen wäre, dann hätte man geglaubt, etwas Weißeres als diese Schultern könnte

shoulders. With the straps pushed off, there was nothing between the top of the suit and the top of her head except just *her*, this clean bare plane of the top of her chest down from the shoulder bones like a dented sheet of metal tilted in the light. I mean, it was more than pretty.

She had a sort of oaky hair that the sun and salt had bleached, done up in a bun that was unravelling, and a kind of prim face. Walking into the A&P with your straps down, I suppose it's the only kind of face you *can* have. She held her head so high her neck, coming up out of those white shoulders, looked kind of stretched, but I didn't mind. The longer her neck was, the more of her there was.

She must have felt in the corner of her eye me and over my shoulder Stokesie in the second slot watching, but she didn't tip. Not this queen. She kept her eyes moving across the racks, and stopped, and turned so slow it made my stomach rub the inside of my apron, and buzzed to the other two, who kind of huddled against her for relief, and then they all three of them went up the cat-and-dog-food – breakfast cereal – macaroni – rice – raisins – seasonings – spreads – spaghetti – soft drinks – crackers – and – cookies aisle. From the third slot I look straight up this aisle to the meat counter, and I watched them all the way. The fat one with the tan sort of fumbled with the cookies, but on second thought she put the package back. The sheep pushing their carts down the aisle – the girls were walking against the usual traffic (not that we have one-way signs or anything) – were pretty hilarious. You could see them, when Queenie's white shoulders dawned on them,

es gar nicht geben. Da die Träger herunterhingen, gab es oben zwischen dem Badeanzug und ihrem Scheitel nur *sie*, nichts als diese unbedeckte Fläche ihres Brustansatzes vom Schlüsselbein abwärts, wie modelliertes Metall, das sich im Licht bewegt. Ich meine, es war mehr als hübsch.

Ihr Haar hatte eine Farbe wie Eichenholz, ausgebleicht von der Sonne und dem Meerwasser, und es war zu einem Knoten zusammengebunden, der sich langsam auflöste; ihr Gesicht wirkte irgendwie unnahbar. Wenn man mit herunterhängenden Trägern in den A&P kommt, ist das vermutlich das einzige Gesicht, das man aufsetzen kann. Sie trug den Kopf so hoch, dass ihr Hals, der sich von diesen weißen Schultern erhob, ein bisschen gestreckt wirkte, aber das machte mir nichts aus. Je länger ihr Hals war, umso mehr war da von ihr.

Aus dem Augenwinkel heraus muss sie mich und hinter meiner Schulter Stokesie bemerkt haben, der an der zweiten Kasse saß und sie auch beobachtete, aber sie ließ sich nichts anmerken, diese Königin. Die nicht. Sie ließ ihren Blick über die Regale schweifen, blieb stehen, drehte sich dann so langsam um, dass es mir hinter meiner Schürze im Bauch kribbelte, und sagte was zu den beiden anderen, die sich ängstlich an sie drängten, und dann kamen sie alle drei den Gang mit Hunde- und Katzenfutter, Cornflakes, Makkaroni, Reis, Rosinen, Gewürzen, Brotaufstrich, Spaghetti, Limonaden, Cracker und Keks entlang. Von der dritten Kasse aus kann ich diesen Gang hinaufsehen bis zur Fleischtheke, so dass ich sie die ganze Zeit beobachten konnte. Die braungebrannte Dicke fummelte ein bisschen bei den Keksen herum, aber dann zögerte sie und legte die Packung wieder zurück. Die Schafe, die ihre Einkaufswagen den Gang alle in derselben Richtung entlangschoben, während die Mädchen ihnen entgegen kamen (nicht dass wir etwa Einbahnstraßenschilder oder so was hätten), waren zum Totlachen. Man sah richtig, nachdem sie

kind of jerk, or hop, or hiccup, but their eyes snapped back to their own baskets and on they pushed. I bet you could set off dynamite in an A&P and the people would by and large keep reaching and checking oatmeal off their lists and muttering "Let me see, there was a third thing, began with A, asparagus, no, ah, yes, applesauce!" or whatever it is they do mutter. But there was no doubt, this jiggled them. A few house-slaves in pin curlers even looked around after pushing their carts past to make sure what they had seen was correct.

You know, it's one thing to have a girl in a bathing suit down on the beach, where what with the glare nobody can look at each other much anyway, and another thing in the cool of the A&P, under the fluorescent lights, against all those stacked packages, with her feet paddling along naked over our checker-board green-and-cream rubber-tile floor.

"Oh Daddy," Stokesie said beside me. "I feel so faint."

"Darling," I said. "Hold me tight." Stokesie's married, with two babies chalked up on his fuselage already, but as far as I can tell that's the only difference. He's twenty-two, and I was nineteen this April.

"Is it done?" he asks, the responsible married man finding his voice. I forgot to say he thinks he's going to be manager some sunny day, maybe in 1990 when it's called the Great Alexandrov and Petrooshki Tea Company or something.

What he meant was, our town is five miles from a beach, with a big summer colony out

Queenies nackte Schultern wahrgenommen hatten, wie sie zusammenzuckten oder vom Boden abhoben oder den Schluckauf bekamen, aber dann richteten sie ihren Blick wieder auf ihren Wagen und schoben weiter. Ich wette, man könnte in einem A&P eine Ladung Dynamit hochgehen lassen, und die meisten Leute würden einfach weiter Sachen vom Regal grapschen und Haferflocken auf ihrem Einkaufszettel abhaken und vor sich hin murmeln: « Da war doch noch was, fing mit A an... Artischocken... nein, ach ja: Apfelbrei! » oder was sie sonst so murmeln. Aber diesmal waren sie eindeutig platt. Ein paar Muttchen mit Lockenwicklern drehten sich sogar um, nachdem sie mit ihrem Wagen vorbeigefahren waren, um zu sehen, ob sie sich auch nicht getäuscht hatten.

Wissen Sie, wenn ein Mädchen unten am Strand im Badeanzug herumläuft, wo es so grell ist, dass man die andern sowieso kaum ansehen kann, dann ist das eine Sache, aber in einem kühlen A&P mit Neonlicht und all diesen aufgestapelten Packungen ist es was ganz anderes, wenn sie barfuß über das grün-und-kremefarbene Karomuster der Kunststoff-Fliesen platscht.

« Oh Daddy! » sagte Stokesie neben mir. « Mir ist ganz schwindlig. »

« Halt mich fest, Liebster », sage ich. Stokesie ist verheiratet und hat schon eine Trefferquote von zwei Babys, aber soweit ich sehe, ist das der einzige Unterschied. Er ist zweiundzwanzig, und ich war im April neunzehn.

« Gehört sich das denn? » fragt er, ganz der verantwortungsvolle Familienvater, der seine Fassung wiederfindet. Ich habe vergessen zu erwähnen, dass er glaubt, er wird eines schönen Tages mal Marktleiter, vielleicht 1990, wenn das hier die Große Alexandrow und Petruschki Tee-Handelsgesellschaft heißt oder so ähnlich.

Er wollte damit sagen, dass der nächste Strand und die große Feriensiedlung draußen auf der Landzunge fünf

on the Point, but we're right in the middle of town, and the women generally put on a shirt or shorts or something before they get out of the car into the street. And anyway these are usually women with six children and varicose veins mapping their legs and nobody, including them, could care less. As I say, we're right in the middle of town, and if you stand at our front doors you can see two banks and the Congregational church and the newspaper store and three real estate offices and about twenty-seven old free-loaders tearing up Central Street because the sewer broke again. It's not as if we're on the Cape; we're north of Boston and there's people in this town haven't seen the ocean for twenty years.

The girls had reached the meat counter and were asking McMahon something. He pointed, they pointed, and they shuffled out of sight behind a pyramid of Diet Delight peaches. All that was left for us to see was old McMahon patting his mouth and looking after them sizing up their joints. Poor kids, I began to feel sorry for them, they couldn't help it.

Now here comes the sad part of the story, at least my family says it's sad, but I don't think it's so sad myself. The store's pretty empty, it being Thursday afternoon, so there was nothing much to do except lean on the register and wait for the girls to show up again. The whole store was like a pinball machine and I didn't know which tunnel they'd come out of. After a while they come around out of the far aisle, around the light bulbs, records at discount of the Carib-

Meilen von unserer Stadt entfernt sind und wir mitten in der Stadt liegen, und dass die Frauen normalerweise eine Bluse oder Shorts oder irgendwas überziehen, bevor sie aus dem Auto steigen und herumlaufen. Dabei könnte das jedem egal sein und ihnen selbst auch, denn im allgemeinen sind das Frauen mit sechs Kindern und einem dichten Netz von Krampfadern auf den Beinen. Wie gesagt, wir liegen mitten in der Stadt, und wenn man sich an unseren Haupteingang stellt, sieht man zwei Banken und die Kirche der freien Gemeinde und den Zeitungsladen und drei Maklerbüros und ungefähr siebenundzwanzig Gaffer, die die Central Street hinaufrennen, weil das Kanalisationsrohr mal wieder geplatzt ist. Wir liegen hier nicht gerade am Cape Cod, wir liegen nördlich von Boston, und es gibt Leute in der Stadt, die haben das Meer seit zwanzig Jahren nicht mehr gesehen.

Die Mädchen waren jetzt an der Fleischtheke angekommen und fragten McMahon etwas. Er gestikulierte, sie gestikulierten, und dann verschwanden sie hinter einer Pyramide von Diet Delight-Pfirsichen. Für uns gab es nun nichts mehr zu sehen außer dem ollen McMahon, der sich den Mund wischte und hinter ihnen herstarrte wie hinter Saftschinken. Die armen Dinger. Sie taten mir richtig leid, sie konnten ja nichts dafür.

Und jetzt kommen wir zum traurigen Teil der Geschichte, zumindest behauptet meine Familie, er sei traurig, ich selbst sehe das gar nicht so. Im Laden ist es ziemlich leer, da es Donnerstag nachmittag ist, und man konnte nicht viel mehr tun als sich über die Kasse lehnen und warten, bis die Mädchen wieder auftauchten. Der ganze Laden war wie ein Flipperautomat, und ich hatte keine Ahnung, an welcher Stelle sie zum Vorschein kommen würden. Nach einer Weile bogen sie in den Gang am anderen Ende ein, bei den Glühbirnen, Platten im Sonderangebot mit den Ca-

bean Six or Tony Martin Sings or some such gunk you wonder they waste the wax on, six-packs of candy bars, and plastic toys done up in cellophane that fall apart when a kid looks at them anyway. Around they come, Queenie still leading the way, and holding a little gray jar in her hand. Slots Three through Seven are unmanned and I could see her wondering between Stokes and me, but Stokesie with his usual luck draws an old party in baggy gray pants who stumbles up with four giant cans of pineapple juice (what do these bums *do* with all that pineapple juice? I've often asked myself) so the girls came to me. Queenie puts down the jar and I take it into my fingers icy cold. Kingfish Fancy Herring Snacks in Pure Sour Cream: 49¢. Now her hands are empty, not a ring or a bracelet, bare as God made them, and I wonder where the money's coming from. Still with that prim look she lifts a folded dollar bill out of the hollow at the center of her nubbled pink top. The jar went heavy in my hand. Really, I thought that was so cute.

Then everybody's luck begins to run out. Lengel comes in from haggling with a truck full of cabbages on the lot and is about to scuttle into that door marked MANAGER behind which he hides all day when the girls touch his eye. Lengel's pretty dreary, teaches Sunday school and the rest, but he doesn't miss that much. He comes over and says, "Girls, this isn't the beach."

Queenie blushes, though maybe it's just a brush of sunburn I was noticing for the first time, now that she was so close. "My mother asked me to pick up a jar of herring snacks."

ribbean Six oder Liedern von Tony Martin oder ähnlichem Schrott, wo man sich nur wundern kann, dass sie dafür Material verschwenden, Schokoriegeln im Sechserpack und Plastikspielzeug in Zellophantüten, das schon auseinanderfällt, wenn ein Kind es bloß ansieht. Da bogen sie also ein, und Queenie, noch immer vorneweg, hatte ein kleines graues Glas in der Hand. Die Kassen drei bis sieben sind nicht besetzt, und ich merkte, wie sie zwischen Stokes und mir schwankte, aber dann zieht Stokesie mal wieder das Große Los, als ein Alter mit ausgebeulten grauen Hosen zu ihm hin schlurft, vier Riesendosen Ananassaft in der Hand (was machen diese Penner mit so viel Ananassaft? Das habe ich mich schon oft gefragt), und die Mädchen kommen zu mir. Queenie stellt mir das Glas hin, und es fühlt sich eiskalt, an. Kingfish feinste Heringshappen in echter saurer Sahne, 49 Cents. Jetzt sind ihre Hände leer, kein Ring, kein Armband, nackt wie Gott sie schuf, und ich überlege, wo das Geld herkommen soll. Mit demselben unnahbaren Blick wie vorher zieht sie oben aus der Mulde in der Mitte ihres noppenbesetzten rosé Badeanzugs einen zusammengefalteten Dollarschein. Das Glas in meiner Hand wurde ganz schwer. Ehrlich. Ich fand das so süß!

Dann ist es mit dem Spaß für uns alle schnell vorbei. Lengel kommt vom Parkplatz herein, wo er mit einem Kohltransport herumgefeilscht hat, und will sich schon durch die Tür verdrücken, auf der «Marktleiter» steht und hinter der er sich den ganzen Tag versteckt, da fällt sein Blick auf die Mädchen. Lengel ist ein ziemlicher Langeweiler, unterrichtet in der Sonntagsschule und so, aber ihm entgeht kaum etwas. Er kommt herüber und sagt: «Mädels, wir sind hier nicht am Strand!»

Queenie errötet, aber vielleicht ist es auch nur ein Anflug von Sonnenbrand, der mir erst jetzt auffällt, wo sie so nah ist. «Meine Mutter hat mich gebeten, ein Glas Heringshappen zu besorgen.» Ihre Stimme ging mir irgendwie unter

Her voice kind of startled me, the way voices do when you see the people first, coming out so flat and dumb yet kind of tony, too, the way it ticked over "pick up" and "snacks." All of a sudden I slid right down her voice into her living room. Her father and the other men were standing around in icecream coats and bow ties and the women were in sandals picking up herring snacks on toothpicks off a big glass plate and they were all holding drinks the color of water with olives and sprigs of mint in them. When my parents have somebody over they get lemonade and if it's a real racy affair Schlitz in tall glasses with "They'll Do It Every Time" cartoons stencilled on.

"That's all right," Lengel said. "But this isn't the beach." His repeating this struck me as funny, as if it had just occurred to him, and he had been thinking all these years the A&P was a great big dune and he was the head lifeguard. He didn't like my smiling – as I say he doesn't miss much – but he concentrates on giving the girls that sad Sunday-school-superintendent stare.

Queenie's blush is no sunburn now, and the plump one in plaid, that I liked better from the back – a really sweet can – pipes up, "We weren't doing any shopping. We just came in for the one thing."

"That makes no difference," Lengel tells her, and I could see from the way his eyes went that he hadn't noticed she was wearing a two-piece before: "We want you decently dressed when you come in here."

"We *are* decent," Queenie says suddenly, her lower lip pushing, getting sore now that she remembers her place, a place from which the crowd

die Haut, wie das manchmal so ist, wenn man jemanden vorher nur gesehen hat: Sie klang ausdruckslos und nichtssagend, aber irgendwie hatte es auch Klasse, wie sie zum Beispiel «Happen» und «besorgen» sagte. Und plötzlich schwebte ich auf ihrer Stimme in ihr Wohnzimmer. Ihr Vater und ein paar andere Männer in weißen Smokings und Fliegen standen beisammen, und die Frauen trugen Sandalen und nahmen sich mit Zahnstochern Heringshappen von einer großen Glasplatte, und alle hatten klare Drinks mit Oliven und Minzeblättchen in der Hand. Wenn meine Eltern Leute einladen, dann gibt es Limonade oder, wenn es eine ganz tolle Party ist, «Schlitz» in hohen Gläsern, auf denen kleine Witzfiguren aufgemalt sind und der Spruch «Sie tun's jedesmal».

«Schon gut», sagte Lengel, «aber wir sind hier nicht am Strand.» Ich fand es komisch, wie er das wiederholte, so als wäre es ihm eben erst klar geworden, als hätte er A&P in all den Jahren für eine riesige Düne gehalten und geglaubt, er sei der Strandwärterhäuptling. Es gefiel ihm nicht, dass ich lächelte – wie gesagt, ihm entgeht kaum etwas –, aber er konzentriert sich darauf, die Mädchen mit diesem sorgenvollen Sonntagsschuloberlehrer-Blick zu mustern.

Jetzt ist Queenies Röte kein Sonnenbrand mehr, und die Mollige im Karo, die mir von hinten besser gefiel – ein wirklich süßer Po – meldet sich zu Wort: «Wir haben gar nicht richtig eingekauft. Wir wollten nur diese eine Sache.»

«Das spielt keine Rolle», sagt Lengel zu ihr, und ich sah an seinem Blick, dass er eben erst bemerkt hat, dass sie einen Bikini trägt. «Wir erwarten, dass ihr anständig gekleidet seid, wenn ihr hier reinkommt.»

«Wir sind aber anständig», sagt Queenie plötzlich und schiebt die Unterlippe vor; sie ist sauer, weil sie sich erinnert, wo sie hingehört und dass aus dieser Perspektive

that runs the A&P must look pretty crummy. Fancy Herring Snacks flashed in her very blue eyes.

"Girls, I don't want to argue with you. After this come in here with your shoulders covered. It's our policy." He turns his back. That's policy for you. Policy is what the kingpins want. What the others want is juvenile delinquency.

All this while, the customers had been showing up with their carts but, you know, sheep, seeing a scene, they had all bunched up on Stokesie, who shook open a paper bag as gently as peeling a peach, not wanting to miss a word. I could feel in the silence everybody getting nervous, most of all Lengel, who asks me, "Sammy, have you rung up their purchase?"

I thought and said "No" but it wasn't about that I was thinking. I go through the punches, 4, 9, GROC, TOT – it's more complicated than you think, and after you do it often enough, it begins to make a little song, that you hear words to, in my case "Hello (*bing*) there, you (*gung*) hap-py *pee*-pul (*splat*)!" – the *splat* being the drawer flying out. I uncrease the bill, tenderly as you may imagine, it just having come from between the two smoothest scoops of vanilla I had ever known there were, and pass a half and a penny into her narrow pink palm, and nestle the herrings in a bag and twist its neck and hand it over, all the time thinking.

The girls, and who'd blame them, are in a hurry to get out, so I say "I quit" to Lengel quick enough for them to hear, hoping they'll stop and watch me, their unsuspected hero. They keep right on going, into the electric eye; the

gesehen die Typen, denen A&P gehört, wahrscheinlich reichlich kümmerlich aussehen. In ihren strahlend blauen Augen blitzten Feinste Heringshappen.

«Ich will mich mit euch nicht streiten, Mädels. Das nächste Mal kommt ihr hier mit bedeckten Schultern rein. Das ist nun mal unsere Politik.» Er wendet sich ab. So was nennt man also Politik. Politik ist das, was die Bosse wollen. Was die anderen wollen, ist Jugendkriminalität.

Inzwischen waren die anderen Kunden mit ihren Einkaufswagen gekommen, aber als sie merkten, dass es da eine Szene gab, drängten sie sich, Schafe die sie nun mal sind, alle zu Stokesie, der jede Papiertüte so behutsam öffnete, als schälte er einen Pfirsich, denn er wollte ja nichts verpassen. Ich spürte durch die Stille, wie alle immer nervöser wurden, besonders Lengel, der mich fragt: «Sammy, hast du ihre Ware abgerechnet?»

Ich überlegte und sagte «Nein», aber eigentlich dachte ich an etwas anderes. Ich tippe also die Tasten: 4, 9, FEINK, GESAMT – es ist komplizierter als Sie glauben, und wenn man's oft genug macht, hört man eine richtige kleine Melodie mit Worten, in meinem Fall «Hallo (*ping*), ihr da (*gong*), glück-liche Leu-te (*ratsch*)!» – wobei das *Ratsch* das Öffnen der Kasse ist. Ich streiche den Schein glatt, ganz zart, wie Sie sich denken können, denn er war ja eben erst zwischen den zwei weichsten Vanillekugeln hervorgekommen, die ich mir vorstellen konnte, und lege einen halben Dollar und einen Penny auf ihre schmale rosa Handfläche und stelle das Heringsglas in eine Tüte und drehe sie zu und reiche sie ihr, und dabei muss ich die ganze Zeit nachdenken.

Die Mädchen, das kann man ihnen nicht übelnehmen, haben es eilig wegzukommen, und darum sage ich schnell zu Lengel «Ich kündige» damit sie's noch hören und vielleicht stehen bleiben und mich ansehen, ihren unerwarteten Helden. Sie gehen aber weiter, auf das elektronische

door flies open and they flicker across the lot to their car, Queenie and Plaid and Big Tall Goony-Goony (not that as raw material she was so bad), leaving me with Lengel and a kink in his eyebrow.

"Did you say something, Sammy?"

"I said I quit."

"I thought you did."

"You didn't have to embarrass them."

"It was they who were embarrassing us."

I started to say something that came out "Fiddle-de-do." It's a saying of my grandmother's, and I know she would have been pleased.

"I don't think you know what you're saying," Lengel said.

"I know you don't," I said. "But I do." I pull the bow at the back of my apron and start shrugging it off my shoulders. A couple of customers that had been heading for my slot begin to knock against each other, like scared pigs in a chute.

Lengel sighs and begins to look very patient and old and gray. He's been a friend of my parents for years. "Sammy, you don't want to do this to your Mom and Dad," he tells me. It's true, I don't. But it seems to me that once you begin a gesture it's fatal not to go through with it. I fold the apron, "Sammy" stitched in red on the pocket, and put it on the counter, and drop the bow tie on top of it. The bow tie is theirs, if you've ever wondered. "You'll feel this for the rest of your life," Lengel says, and I know that's true, too, but remembering how he made that pretty girl blush makes me so scrunchy inside I punch the No Sale tab and the machine whirs "pee-pul" and the drawer splats out. One ad-

Auge zu; die Tür springt auf, und sie trippeln über den Parkplatz zu ihrem Auto, Queenie und Karo und die Große Doofe (dabei war ihre Grundausstattung gar nicht so übel), und lassen mich mit Lengel und einer Falte zwischen seinen Augenbrauen zurück.

«Hast du was gesagt, Sammy?»

«Ich sagte, ich kündige.»

«Dann hab ich's also richtig gehört.»

«Sie hatten kein Recht, sie so zu blamieren.»

«Die haben uns blamiert.»

Ich wollte etwas sagen, aber es kam nur «Larifari» heraus. Das war so ein Ausdruck meiner Großmutter, und ich bin sicher, sie hätte ihre Freude gehabt.

«Ich glaube, du weißt nicht, was du redest», sagte Lengel.

«Das kann ich mir denken», sagte ich, «aber ich weiß es genau.» Ich ziehe an der Schleife hinten an meiner Schürze und streife sie von meinen Schultern. Ein paar Kunden, die auf meine Kasse zugesteuert waren, stoßen aufeinander wie verängstigte Schweine auf einer Rutsche.

Lengel seufzt und sieht jetzt sehr geduldig und alt und grau aus. Er ist seit Jahren mit meinen Eltern befreundet. «Sammy, das willst du doch deiner Mom und deinem Dad nicht antun», sagt er zu mir. Stimmt, das will ich nicht. Aber ich finde, wenn man sich mal auf eine demonstrative Geste eingelassen hat, dann ist es tödlich, wenn man nicht daran festhält. Ich falte also meine Schürze zusammen, auf der in roter Schrift «Sammy» aufgestickt ist; lege sie auf den Tresen und werfe meine Fliege obendrauf. Die Fliege gehört nämlich auch denen, falls Sie sich darüber je Gedanken gemacht haben. «Das wird dir ein Leben lang nachhängen», sagt Lengel, und ich weiß, dass auch das stimmt, aber dann fällt mir wieder ein, wie er dieses hübsche Mädchen zum Erröten brachte, und ich muss innerlich so knirschen, dass ich auf die «Null»-Taste haue, und die Kasse

vantage to this scene taking place in summer, I can follow this up with a clean exit, there's no fumbling around getting your coat and galoshes, I just saunter into the electric eye in my white shirt that my mother ironed the night before, and the door heaves itself open, and outside the sunshine is skating around on the asphalt.

I look around for my girls, but they're gone, of course. There wasn't anybody but some young married screaming with her children about some candy they didn't get by the door of a powder-blue Falcon station wagon. Looking back in the big windows, over the bags of peat moss and aluminum lawn furniture stacked on the pavement, I could see Lengel in my place in the slot, checking the sheep through. His face was dark gray and his back stiff, as if he's just had an injection of iron, and my stomach kind of fell as I felt how hard the world was going to be to me hereafter.

klimpert «Leu-te», und die Schublade kommt mit einem Ratsch heraus. Dass diese Szene sich im Sommer abspielt, hat den Vorteil, dass ich jetzt einen starken Abgang machen kann, ich brauche nicht erst nach Mantel und Überschuhen herumzusuchen, ich schlendere einfach auf das elektronische Auge zu, mit meinem weißen Hemd, das meine Mutter gestern abend gebügelt hat, und die Tür tut sich auf, und draußen schlittert das Sonnenlicht über den Asphalt.

Ich sehe mich nach meinen Mädchen um, aber sie sind natürlich weg. Da war niemand außer einer jungen Mutter neben der Tür eines hellblauen Falcon Kombi, die mit ihren Bälgern herumzeterte wegen irgendwelchen Bonbons, die sie nicht bekommen sollten. Als ich zurücksah durch die großen Schaufenster, vorbei an den Torfsäcken und den Gartenmöbeln aus Aluminium, die aufgestapelt auf dem Pflaster standen, sah ich Lengel auf meinem Platz an der Kasse und die Schafe, die an ihm vorbei trotteten. Sein Gesicht war ganz grau und sein Rücken so steif, als hätte man ihm eine Dosis Eisen gespritzt, und mir wurde ein bisschen mulmig bei dem Gedanken, wie hart die Welt von jetzt an zu mir sein würde.

Richard Wilbur: A Game of Catch

Monk and Glennie were playing catch on the side lawn of the firehouse, when Scho caught sight of them. They were good at it, for seventh-graders, as anyone could see right away. Monk, wearing a catcher's mitt, would lean easily sidewise and back, with one leg lifted and his throwing hand almost down to the grass, and then lob the white ball straight up into the sunlight. Glennie would shield his eyes with his left hand and, just as the ball fell past him, snag it with a little dart of his glove. Then he would burn the ball straight toward Monk, and it would spank into the round mitt and sit, like a still-life apple on a plate, until Monk flipped it over into his right hand and, with a negligent flick of his hanging arm, gave Glennie a fast grounder.

They were going on and on like that, in a kind of slow, mannered, luxurious dance in the sun, their faces perfectly blank and entranced, when Glennie noticed Scho dawdling along the other side of the street and called hello to him. Scho crossed over and stood at the front edge of the lawn, near an apple tree, watching.

"Got your glove?" asked Glennie after a time. Scho obviously hadn't.

"You could give me some easy grounders," said Scho. "But don't burn 'em."

"All right," Glennie said. He moved off a little, so the three of them formed a triangle, and they passed the ball around for about five minutes, Monk tossing easy grounders to Scho, Scho

Richard Wilbur: Fangball spielen

Monk und Glennie spielten auf dem Rasenplatz vor dem Spritzenhaus Fangball, als Scho sie erblickte. Sie konnten es gut für Siebtklässler, das fiel jedem gleich ins Auge. Monk, der einen Catch-Handschuh trug, beugte sich leicht seitwärts und rückwärts, ein Bein erhoben und die Wurfhand fast unten im Gras, und dann ließ er den weißen Ball direkt hinauf ins Sonnenlicht fliegen. Dann schützte Glennie seine Augen mit der linken Hand, und genau in dem Moment, wo der Ball neben ihm herunterfiel fing er ihn mit einem kleinen Ruck seines Handschuhs. Dann warf er ihn scharf zu Monk; der Ball platschte mitten in den Handschuh und lag dort wie ein Stillleben-Apfel auf einem Teller, bis Monk ihn in seine rechte Hand hüpfen ließ und Glennie, mit einem nachlässigen Schlenker des herabhängenden Arms, einen raschen Bodenball zuspielte.

So spielten und spielten sie – es war eine Art langsamer, kunstvoller, schwelgerischer Tanz in der Sonne; ihre Gesichter waren völlig leer und traumhaft, als Glenn Scho auf der andern Seite der Straße daherschlendern sah und ihm «Hallo!» zurief. Scho kreuzte herüber, blieb am vorderen Rand des Rasenplatzes stehen, neben einem Apfelbaum, und sah zu.

«Hast du deinen Handschuh mit?» fragte Glennie nach einer Weile. Offenbar hatte Scho ihn nicht mit.

«Ihr könntet mir ein paar leichte Bodenbälle geben», sagte Scho. «Aber nicht zu scharf!»

«Machen wir», sagte Glennie. Er rückte etwas weiter, so dass die drei Jungen ein Dreieck bildeten, und sie ließen den Ball etwa fünf Minuten rundum gehen. Monk warf Scho leichte Bodenbälle zu, Scho gab sie an Glennie

throwing to Glennie, and Glennie burning them in to Monk. After a while, Monk began to throw them back to Glennie once or twice before he let Scho have his grounder, and finally Monk gave Scho a fast, bumpy grounder that hopped over his shoulder and went in to the brake on the other side of the street.

"Not so hard," called Scho as he ran across to get it.

"You should've had it," Monk shouted.

It took Scho a little while to find the ball among the ferns and dead leaves, and when he saw it, he grabbed it up and threw it toward Glennie. It struck the trunk of the apple tree, bounced back at an angle, and rolled steadily and stupidly onto the cement apron in front of the firehouse, where one of the trucks was parked. Scho ran hard and stopped it just before it rolled under the truck, and this time he carried it back to his former position on the lawn and threw it carefully to Glennie.

"I got an idea," said Glennie. "Why don't Monk and I catch for five minutes more, and then you can borrow one of our gloves?"

"That's all right with me," said Monk. He socked his fist into his mitt, and Glennie burned one in.

"All right," Scho said, and went over and sat under the tree. There in the shade he watched them resume their skillful play. They threw lazily fast or lazily slow – high, low, or wide – and always handsomely, their expressions serene, changeless, and forgetful. When Monk missed a low backhand catch, he walked indolently after the ball and, hardly even looking, flung it sidearm for an imaginary put-out. After a

weiter, und Glennie schmetterte sie zu Monk. Nach einer Weile fing Monk an, sie ein- oder zweimal zu Glennie zurückzuwerfen, bevor er Scho seinen leichten Bodenball gönnte, und schließlich gab er Scho einen schnellen, holperigen Bodenball, der ihm über die Schulter sprang und dann in das Gebüsch auf der anderen Straßenseite rollte.

«Nicht so hart!» rief Scho, als er hinüberlief, um ihn zu holen.

«Du hättest ihn fangen können!» rief Monk.

Scho brauchte eine Weile, um den Ball zwischen den Farnen und dürren Blättern zu finden, und als er ihn sah, hob er ihn auf und warf ihn Glennie zu. Der Ball traf den Stamm des Apfelbaums, sprang im Winkel zurück und rollte dummerweise geradewegs auf die zementierte Fläche vor dem Feuerwehrhaus, wo eines der Fahrzeuge geparkt war. Scho lief schnell und hielt ihn auf, gerade ehe er unter den Wagen rollte, und diesmal trug er ihn zurück zu seinem bisherigen Platz auf dem Rasen und warf ihn sorgsam hinüber zu Glennie.

«Ich hab eine Idee», sagte Glennie. «Monk und ich könnten doch noch fünf Minuten richtig catchen, und dann leihst du dir einen von unsern Handschuhen.»

«Mir ist es recht», sagte Monk. Er fuhr mit der Faust in den Handschuh, und Glennie schmetterte einen Ball hinein.

«Schon gut», sagte Scho, ging hinüber und setzte sich unter den Baum. Dort beobachtete er im Schatten, wie sie ihr geschicktes Spiel wieder aufnahmen. Sie warfen lässig langsam oder lässig schnell – hoch, niedrig oder weit – und immer sauber, mit heiteren, in sich unbewegten, selbstvergessenen Gesichtern. Als Monk einen niedrigen Backhandcatch verpasste, ging er dem Ball gleichmütig nach und schleuderte ihn, kaum hinsehend, seitlich in ein gedachtes «Out». Nachdem sie ziemlich lange

good while of this, Scho said, "Isn't it five minutes yet?"

"One minute to go," said Monk, with a fraction of a grin.

Scho stood up and watched the ball slap back and forth for several minutes more, and then he turned and pulled himself up into the crotch of the tree.

"Where you going?" Monk asked.

"Just up the tree," Scho said.

"I guess he doesn't want to catch," said Monk.

Scho went up and up through the fat light-gray branches until they grew slender and bright and gave under him. He found a place where several supple branches were knit to make a dangerous chair, and sat there with his head coming out of the leaves into the sunlight. He could see the two other boys down below, the ball going back and forth between them, and Glennie's crew-cut head looking like a sea urchin.

"I found a wonderful seat up here," Scho said loudly. "If I don't fall out." Monk and Glennie didn't look up or comment, and so he began jouncing gently in his chair of branches and singing "Yoho, heave ho" in an exaggerated way.

"Do you know what, Monk?" he announced in a few moments. "I can make you two guys do anything I want. Catch that ball, Monk! Now you catch it, Glennie!"

"I was going to catch it anyway," Monk suddenly said. "You're not making anybody do anything when they're already going to do it anyway."

"I made you say what you just said," Scho replied joyfully.

"No, you didn't," said Monk, still throwing

so gespielt hatten, sagte Scho: «Sind's noch nicht fünf Minuten?»

«Noch eine Minute», sagte Monk mit einem leichten Grinsen.

Scho stand auf und schaute noch einige Minuten zu, wie der Ball hin und her ging, und dann drehte er sich um und machte einen Klimmzug hinauf in die Gabelung des Baumes.

«Wo willst du hin?» fragte Monk.

«Auf den Baum hier», sagte Scho.

«Ich glaub, er hat keine Lust zu Fangball», sagte Monk.

Scho kletterte weiter, durch die dicken hellgrauen Äste, bis sie schlank und glänzend wurden und unter ihm nachgaben. Er fand einen Platz, wo mehrere elastische Zweige sich verflochten und einen gefährlichen Sitz bildeten, und setzte sich dort hin; sein Kopf war über dem Laub im Sonnenlicht. Er konnte die beiden andern Jungen unten sehen, den Ball, der zwischen ihnen hin und her ging, und den kurzgeschorenen Kopf von Glennie, der wie ein Seeigel aussah.

«Hier habe ich einen herrlichen Platz gefunden», sagte Scho laut, «wenn ich nicht hinunterfalle.» Monk und Glennie schauten nicht hinauf und sagten nichts, und so begann er sich leise in seinem Sessel aus Ästen zu schaukeln und aufdringlich laut zu singen: «Ju-hu, Anker auf!»

«Weißt du was, Monk?» verkündete er nach einer Weile. Ich kann euch beide zwingen, alles zu tun, was ich will. Fang den Ball, Monk! Und nun fängst du ihn, Glennie!»

«Ich hätt ihn sowieso gefangen», sagte Monk sofort. «Du zwingst doch nicht jemanden, irgendwas zu tun, wenn er es sowieso tun will.»

«Ich hab dich gezwungen, genau das zu sagen, was du grade gesagt hast», erwiderte Scho freudig.

«Nein, das hast du nicht», sagte Monk, immer noch

and catching but now less serenely absorbed in the game.

"That's what I wanted you to say," Scho said.

The ball bounded off the rim of Monk's mitt and plowed into a gladiolus bed beside the firehouse, and Monk ran to get it while Scho jounced in his treetop and sang, "I wanted you to miss that. Anything you do is what I wanted you to do."

"Let's quit for a minute," Glennie suggested.

"We might as well, until the peanut gallery shuts up," Monk said.

They went over and sat cross-legged in the shade of the tree. Scho looked down between his legs and saw them on the dim, spotty ground, saying nothing to one another. Glennie soon began abstractedly spinning his glove between his palms; Monk pulled his nose and stared out across the lawn.

"I want you to mess around with your nose, Monk," said Scho, giggling. Monk withdrew his hand from his face.

"Do that with your glove, Glennie," Scho persisted. "Monk, I want you to pull up hunks of grass and chew on it."

Glennie looked up and saw a self-delighted, intense face staring down at him through the leaves. "Stop being a dope and come down and we'll catch for a few minutes," he said.

Scho hesitated, and then said, in a tentatively mocking voice, "That's what I wanted you to say."

"All right, then, nuts to you," said Glennie.

"Why don't you keep quiet and stop bothering people?" Monk asked.

werfend und fangend, aber nicht mehr so gutgelaunt in das Spiel vertieft.

« Das hast du gesagt, weil ich's so wollte », sagte Scho.

Der Ball prallte am Rand von Monks Handschuh ab und grub eine Furche in ein Gladiolenbeet neben dem Feuerwehrhaus; Monk lief, um ihn zu holen, während Scho in der Baumkrone auf und ab wippte und sang: « Ich hab dich gezwungen, vorbeizugreifen. Alles, was ihr tut, müsst ihr tun, weil ich es so haben will! »

« Lass uns eine Minute aufhören », schlug Glennie vor.

« Schon recht, bis die Galerie da oben die Klappe hält », sagte Monk.

Sie gingen hinüber und setzten sich mit untergeschlagenen Beinen in den Schatten des Baumes. Scho blickte zwischen seinen Beinen hinunter und sah sie auf dem matten, gefleckten Rasen sitzen, ohne miteinander zu sprechen. Glennie begann gedankenverloren seinen Handschuh zwischen den Handflächen zu drehen; Monk zupfte an seiner Nase und starrte über den Rasenplatz.

« Ich will, dass du an deiner Nase rumzupfst, Monk », sagte Scho kichernd. Monk nahm die Hand vom Gesicht.

« Ja, das musst du mit deinem Handschuh tun, Glennie », sagte Scho beharrlich. « Und du, Monk – ich will, dass du dicke Halme ausrupfst und dran rumkaust! »

Glennie blickte hinauf und sah das selbstgefällige Gesicht aufmerksam durch die Blätter herunterspähen. « Hör auf, so'n Idiot zu sein und komm runter, dann spielen wir ein paar Minuten Fangball », sagte er.

Scho zögerte, dann sagte er mit herausfordernd spöttischer Stimme: « Das hast du gesagt, weil ich's dich sagen ließ! »

« Von mir aus. Du kannst mich mal! » sagte Glennie.

« Warum bist du nicht still und hörst auf, uns auf die Nerven zu gehen? » fragte Monk.

"I made you say that," Scho replied, softly.
"Shut up," Monk said.
"I made you say that, and I want you to be standing there looking sore. And I want you to climb up the tree. I'm making you do it!"
Monk was scrambling up through the branches, awkward in his haste. His face was furious and foolish, and he kept telling Scho to shut up, shut up, shut up, while the other's exuberant and panicky voice poured down upon his head.
"Now you shut up or you'll be sorry," Monk said, breathing hard as he reached up and threatened to shake the cradle of slight branches in which Scho was sitting.
"I *want* – " Scho screamed as he fell. Two lower branches broke his rustling, crackling fall, but he landed on his back with a deep thud and lay still, with a strangled look on his face and his eyes clenched. Glennie knelt down and asked breathlessly, "Are you O. K., Scho? Are you O. K.?" while Monk swung down through the leaves crying that honestly he hadn't even touched him, the crazy guy just let go. Scho doubled up and turned over on his right side, and now both the other boys knelt beside him, pawing at his shoulder and begging to know how he was.
Then Scho rolled away from them and sat partly up, still struggling to get his wind but forcing a species of smile onto his face.
"I'm sorry, Scho," Monk said. "I didn't mean to make you fall."
Scho's voice came out weak and gravely, in gasps. "I meant – you to do it. You – had to. You can't do – anything – unless I want – you to."
Glennie and Monk looked helplessly at him

«Das hab ich dich sagen lassen», erwiderte Scho sanft.

«Halts Maul!» sagte Monk.

«Ich wollte, dass du das sagst, und ich will, dass du da stehst und ein saures Gesicht machst. Und jetzt will ich, dass du auf den Baum kletterst. Ich zwing dich dazu!»

Monk kletterte durch die Zweige hinauf, ungeschickt vor Eile; sein Gesicht war wütend und töricht, und er sagte immerfort zu Scho: «Halts Maul, halts Maul, halts Maul», während die erregte, hysterische Stimme sich über ihn ergoss.

«Jetzt bist du still – oder es reut dich», sagte Monk und atmete schwer, als er hinauf griff und drohte, das Geflecht von leichten Zweigen zu schütteln, in dem Scho saß.

«Ich will, dass du...» kreischte Scho, während er fiel. Weiter unten hemmten zwei Äste seinen raschelnden, krachenden Fall, aber er landete mit einem dumpfen Aufprall auf dem Rücken und lag still, mit einem Gesicht wie ein Erdrosselter und mit zugekniffenen Augen. Glennie kniete nieder und fragte atemlos: «Bist du okay, Scho? Bist du okay?», während sich Monk durch das Laub hinunterschwang und schrie, dass er ihn wahrhaftig noch nicht mal angerührt habe, der verrückte Kerl habe einfach losgelassen. Scho krümmte sich zusammen und rollte sich auf seine rechte Seite, und nun knieten die beiden andern Jungen neben ihm, klopften ihn auf die Schulter und bettelten, ihnen zu sagen, wie es ihm gehe.

Dann rollte sich Scho von ihnen weg und setzte sich halb auf, immer noch nach Luft ringend; aber er zwang eine Art von Lächeln auf sein Gesicht.

«Es tut mir leid, Scho», sagte Monk. «Ich wollte nicht, dass du runterfällst.»

Schos Stimme kam matt und rauh, stoßweise. «Ich wollte, dass du es tust. Du – musstest eben. Du kannst überhaupt nichts – tun – wenn ich nicht – will, dass du's tust!»

Glennie und Monk sahen ihn hilflos an, wie er da saß,

as he sat there, breathing a bit more easily and smiling fixedly, with tears in his eyes. Then they picked up their gloves and the ball, walked over to the street, and went slowly away down the sidewalk, Monk punching his fist into the mitt, Glennie juggling the ball between glove and hand.

From under the apple tree, Scho, still bent over a little for lack of breath, croaked after them in triumph and misery, "I want you to do whatever you're going to do for the whole rest of your life!"

etwas leichter atmend und starr lächelnd, mit Tränen in den Augen. Dann hoben sie ihre Handschuhe und den Ball auf, gingen über die Straße und dann langsam den Gehsteig entlang. Monk stieß seine Faust in den Handschuh, Glennie jonglierte den Ball zwischen der behandschuhten und der freien Hand.

Unter dem Apfelbaum saß Scho, noch ein wenig vornübergebeugt vor Luftmangel, und von dort aus krächzte er ihnen triumphierend und elend nach: « Ich zwinge euch zu allem, was ihr gerade tun wollt, solange ihr lebt! »

Anmerkungen

zu Bellow

Seite 12, Zeile 12 *Pancho Villa* – (1877-1923) mexikanischer Revolutionär.

Seite 20, Zeile 17 *de la Mare* – Walter de la Mare (1873-1956), englischer Lyriker und Romancier; sein Roman *Memoirs of a Midget* erschien 1921.

zu Cheever

Seite 70, Zeile 7 *Upper East Side* – Wohlhabender Teil von Manhattan, im Westen von der Fifth Avenue begrenzt, im Norden von der 96. Straße und im Süden von der 59. Straße.

Seite 70, Zeile 18 *Hoover* – Herbert Hoover, 31. Präsident der USA (1928–1933).

Seite 70, Zeile 5 v.u. *Fiesole* – Stadt in der Toskana, nahe Florenz.

Seite 72, Zeile 2 *Du Pont* – Alte amerikanische Industriellenfamilie.

Seite 72, Zeile 8 *Fifth Avenue* – Große Geschäftsstraße im Zentrum New Yorks.

Seite 76, Zeile 14 *grashopper* – Anspielung auf Aesops Fabel von der Ameise und der Grille, in der die Grille den Sommer sorglos genießt, während die arbeitsame Ameise Vorräte für den Winter anlegt.

Seite 76, Zeile 7 v.u. *Edna Ferber* – (1887-1968), zu ihrer Zeit sehr erfolgreiche Autorin zahlreicher Romane, darunter *So Big* (1924), *Show Boat* (1926) und *Come and Get It* (1935).

Seite 80, Zeile 13 *Roosevelt* – Familie von Politikern und Unternehmern, aus der zwei amerikanische Präsidenten, Theodore und Franklin D. Roosevelt, hervorgegangen sind.

Seite 80, Zeile 14 *Vanderbilt* – Unternehmerfamilie von einst legendärem Reichtum.

Seite 80, Zeile 17 *Macy* – Familie von New Yorker Kaufhausbesitzern.

zu O'Connor

Seite 152, Zeile 20 *Bissle* – Melville R. Bissle erfand 1876 eine Teppichkehrmaschine.

Seite 154, Zeile 20 *sharecropper* – Besonders in den Südstaaten der USA: Pächter, der freie Wohnung, Arbeitsgeräte und einen Teil des Ernteertrags erhält.

Seite 154, Zeile 9 v.u. *hookworm* – Parasitenart, die in subtropischen Regionen bei mangelnder Hygiene auch Menschen befallen und schwere Erkrankungen auslösen kann; vor dem Zweiten Weltkrieg in den amerikanischen Südstaaten ein verbreitetes Problem.

Seite 156, Zeile 23 *United Daughters* – Gemeint sind vermutlich die United Daughters of the Confederacy, eine Ende des 19. Jahrhunderts gegründete patriotische Frauenvereinigung.

zu Updike

Seite 176, Titel *A & P* – The Great Atlantic and Pacific Tea Company, 1859 gegründete Kette von Lebensmittelgeschäften.

Seite 176, Zeile 22 *Salem* – Stadt in Massachusetts, nordöstlich von Boston, 1692 Schauplatz von Hexenprozessen. Diese Hexenverfolgung ist Gegenstand mehrerer Werke von Nathaniel Hawthorne, der 1804 in Salem geboren wurde, sowie des Dramas *The Crucible* von Arthur Miller (1953). Updikes Roman *The Witches of Eastwick* (1984) setzt sich mit modernen Formen von Hexenkult und -verfolgungen auseinander.

Seite 188, Zeile 13 *Schlitz* – Amerikanische Biermarke

Saul Bellow kann als der führende amerikanische Romancier der Nachkriegszeit angesehen werden. Er kam 1915 in Kanada als Sohn jüdischer Emigranten aus Russland zur Welt, wuchs in Chicago auf, wo er auch studierte, und lehrte später an verschiedenen Universitäten, darunter Princeton und New York. Seine Karriere als Schriftsteller begann mit den psychologischen, an Kafka erinnernden Romanen *Dangling Man* (1944) und *The Victim* (1947). 1953 erschien sein erstes Hauptwerk, der moderne Schelmenroman *The Adventures of Augie March* (1953). Ihm folgte 1959 *Henderson the Rain King*. 1964 kam Bellows wohl wichtigster Roman heraus, *Herzog*. Weitere Romane sind *Mr. Sammler's Planet* (1969), *Humboldt's Gift* (1975), *The Dean's December* (1982) und *More Die of Heartbreak* (1987). Daneben hat Bellow Novellen, Kurzgeschichten, Essays, Autobiografisches und ein Theaterstück verfasst. Er erhielt mehrere bedeutende Auszeichnungen, darunter 1976 den Nobelpreis für Literatur. *A Father-To-Be* © Saul Bellow. Lizenz von The Wylie Agency (UK) Ltd, London. Deutsche Publikation mit Einverständnis des Verlages Kiepenheuer & Witsch, Köln, bei dem die Erzählung in der Übersetzung von Walter Hasenclever in dem Band *Mobys Memoiren* erschienen ist © 1973.

Truman Capote wurde 1924 in New Orleans geboren. 1948 veröffentlichte er den Roman *Other Voices, Other Rooms*, dem 1951 *The Grass Harp* folgte. Die Novelle *Breakfast at Tiffany's* (1958) wurde erfolgreich verfilmt. 1966 erschien *In Cold Blood*, ein Roman, der auf einem wirklichen Mordfall beruht und durch seine Verknüpfung von Fiktion und Wirklichkeit eine Darstellungsweise praktiziert, die in den USA während der 60er und 70er Jahre sehr im Schwange war und als *new journalism* oder auch als Faktographie bezeichnet wird. Neben Romanen hat Capote Kurzgeschichten geschrieben, die u.a. unter den Titeln *Tree of Night* (1949) und *Music for Chameleons* (1980) erschienen, ferner längere Erzählungen, Reiseskizzen und journalistische Arbeiten. Er starb 1984. *Miriam* © 1945 by Truman Capote. Lizenz durch Mohrbooks, Zürich.

John Cheever (1912-1982) stammte aus Massachusetts. In seinen Kurzgeschichten, von denen viele zuerst im *New Yorker* veröffentlicht wurden, setzt er sich oft satirisch mit dem Leben des wohlhabenden Bürgertums an der Ostküste auseinander. Cheevers Short Stories erschienen in mehreren Bänden, *The Way Some People Live* (1943), *The Housebreaker of Shady Hill* (1958), *Some People, Places and Things That Will Not Appear in My Next Novel* (1961), *The Brigadier and the Golf Widow* (1964) und *The World of Apples* (1973) sowie postum 1988 in *Uncollected Stories*. In den humoristischen Episodenromanen *The Wapshot Chronicle* (1957) und *The Wapshot Scandal* (1964) schildert er mehrere Jahrzehnte im Leben einer neureichen Familie aus Massachusetts. Ernstere Töne schlägt Cheever in seinen späteren Romanen *Bullet Park* (1969) und *Falconer* (1977) sowie in der Novelle *Oh What a Paradise It Seems* (1982) an. Lizenz für *Just One More Time* von © Alfred A. Knopf, New York. Zwei Bände mit Kurzgeschichten von John Cheever (ohne *Just One More Time*) sind im Rowohlt Verlag erschienen.

William Goyen (1915-1983) stammte aus Texas, diente nach dem Studium in der Marine und gab später an der Universität von Houston und anderswo Kurse in kreativem Schreiben. Er schrieb Romane, darunter *The House of Breath* (1950) und *In a Farther Country* (1955), *The Fair Sister* (1963) und *Come the Restorer* (1974) sowie mehrere Theaterstücke. Seine Kurzgeschichten erschienen 1985 gesammelt unter dem Titel *Had I a Hundred Mouths*. Lizenz für *Simon's Castle* durch die Agentur Wieser & Wieser, New York.

Carson McCullers kam 1917 im Staate Georgia zur Welt, und dort spielen auch die meisten ihrer Erzählungen und Romane, obgleich sie lange Zeit in New York lebte. Bereits mit ihrem ersten Roman, *The Heart Is a Lonely Hunter* (1940), erntete sie viel Beifall für die psychologisch einfühlsame Darstellung ihrer Personen. Weitere Romane sind *Reflections in a Golden Eye* (1941), *The Member of the Wedding* (1946, von McCullers 1950 dramatisiert) und *Clock Without Hands* (1961). *The Square Root of Wonderful* (1958) ist ebenfalls ein Theaterstück, während *The Ballad of the Sad Café* (1951) und *The Mortgaged Heart* (postum 1971) Sammlungen ihrer Kurzgeschichten sind. Carson McCullers starb 1967. *The Sojourner*

© 1950 by Street & Smith Publications Inc.. Lizenz durch Mohrbooks, Zürich.

Joyce Carol Oates, 1938 im Staat New York geboren, ist Professorin für Englische Literatur, seit 1987 in Princeton. Als Schriftstellerin hat sie bereits ein sehr umfangreiches Werk von mehr als 20 Romanen und einer Vielzahl von Kurzgeschichten vorgelegt. Ihr erster Roman, *With Shuddering Fall*, erschien 1964; es folgten u.a. *A Garden of Earthly Delights* (1967), *them* (1969), *The Assassins* (1975), *Bellefleur* (1980), *Raven's Wing* (1987), *Black Water* (1992) und *What I Lived for* (1994). Mehrere der Romane wurden ins Deutsche übersetzt und liegen im dtv vor. Im Mittelpunkt stehen häufig realistisch beschriebene Personen, die dämonische Züge tragen und die bei dem Versuch, ihren eigenen Weg zu gehen, in Konflikt mit einer als grotesk und repressiv geschilderten amerikanischen Wirklichkeit geraten, so dass es zu Ausbrüchen von Gewalt kommt, die nicht selten tödlich ausgehen. Ihre Short Stories, die häufig in interessanter Weise mit der Erzählform experimentieren, liegen in mehreren Sammlungen vor, darunter *By the North Gate* (1963), *The Wheel of Love* (1970), *The Goddess and Other Women* (1974), *Night Side* (1977) und *Haunted. Tales of the Grotesque* (1994). Neben Essays und literaturkritischen Arbeiten hat Oates auch zahlreiche Gedichte geschrieben. *In the Warehouse* © 1974 by Joyce Carol Oates, Lizenz durch Mohrbooks, Zürich.

Flannery O'Connor (1925-1964) gilt vielen Kritikern als eine der besten amerikanischen Autorinnen von Kurzgeschichten in diesem Jahrhundert. Sie wuchs in einer Kleinstadt in Georgia auf und verbrachte dort auch den größten Teil ihres Lebens. Noch nicht vierzigjährig starb sie an einer tückischen Krankheit. O'Connor schrieb zwei Romane, *Wise Blood* (1952) und *The Violent Bear It Away* (1960), aber die wirklich bemerkenswerten Figuren und Ereignisse findet man in ihren Erzählungen, die gleichzeitig komisch und bedrückend sind. Ihre Wirkung beruht nicht zuletzt auf der Art, wie die Menschen reden: auf ihren banalen, klischeehaften Äußerungen über das Leben, die Liebe und den Tod. In der Konfrontation mit einer krisenhaften Situation versagen diese Klischees, und das legt die Erzählerin mit ebensoviel Bosheit wie Mitgefühl offen. O'Con-

nors Kurzgeschichten erschienen gesammelt in den Bänden *A Good Man Is Hard to Find* (1955) und *Everything that Rises Must Converge* (1965). Lizenz für *The Crop* durch Intercontinental Literary Agency, London.

John Updike, Romanautor, Essayist und Lyriker, wurde 1932 im Staat Pennsylvania geboren. Nach dem Studium in Harvard arbeitete er einige Jahre für die Zeitschrift *The New Yorker*, bevor er 1959 seinen ersten Roman, *The Poorhouse Fair*, veröffentlichte. Mit seinem umfangreichen und vielgestaltigen Oeuvre nimmt Updike inzwischen eine herausragende Stellung in der amerikanischen Gegenwartsliteratur ein. Zu seinen bekanntesten Werken gehören die vier «Rabbit»-Romane (*Rabbit, Run*, 1960; *Rabbit Redux*, 1971; *Rabbit Is Rich*, 1981; *Rabbit at Rest*, 1990), die jeweils im Abstand von rund zehn Jahren erschienen und mit Harry Rabbit Angstrom einen Durchschnittsamerikaner und Anti-Helden schildern, dessen aus ironischer Distanz verfolgter Lebensweg zugleich eine satirische Chronik Amerikas in der zweiten Hälte des 20. Jahrhunderts ist. Weitere erfolgreiche Romane Updikes sind *The Centaur* (1963), *Couples* (1968), *The Witches of Eastwick* (1984), *Roger's Version* (1988), *Memories of the Ford Administration* (1992) und *God and the Wilmots* (1998). Seine Kurzgeschichten liegen in zahlreichen Bänden vor, darunter *The Same Door* (1959), *Pigeon Feathers* (1962), *Museums and Women* (1972), *Problems* (1979), *Trust Me* (1987) und *The After Life* (1994). Lizenz für *A&P* © 1975 von Alfred A. Knopf, New York.

Richard Wilbur (geboren 1921) ist Lyriker. Er nahm am Zweiten Weltkrieg teil und studierte anschließend in Harvard, wo er auch seine Laufbahn als Dozent für Englisch begann. 1955 wurde er Professor an der Wesleyan University in Middletown, Connecticut, und später Writer in Residence am Smith College in Northampton, Massachusetts. Sein erster Band mit Gedichten, *Beautiful Changes*, erschien 1947. In seiner formstrengen Dichtung lassen sich Einflüsse der französischen Symbolisten und der amerikanischen Lyriker Marianne Moore und Wallace Stevens erkennen, zugleich ist sie jedoch mit ihrem souveränen, oft witzigen Ton ganz und gar eigenständig und originell. Es folgten zahlreiche weitere Gedichtsamm-

lungen, für die er zweimal den Pulitzer-Preis erhielt. Neben seinen dichterischen Werken hat Wilbur auch mehrere Übersetzungen französischer Dramatiker (Molière, Racine) sowie literarische Essays und vereinzelt auch kurze Erzählungen verfasst. *A Game of Catch* © Harcourt Brace & Co., Lizenz durch Mohrbooks, Zürich.

Fremdsprachen lernen und Literatur lesen – das kann man mit Hilfe der zweisprachigen Reihe des dtv. Auch wer Zeitungen, Fachbücher und Krimis ohne Schwierigkeiten im Original liest, profitiert – bei Literatur – vom Paralleldruck. Selbst wenn er nicht mit jedem Vorschlag der Übersetzer einverstanden ist. (Vielleicht gerade dann; ganz abgesehen von Fehlern, die bei den versiertesten Übersetzern vorkommen und die aufzuspießen ein höheres Vergnügen ist.)

Ein aktuelles Verzeichnis der Reihe dtv zweisprachig kann beim Verlag angefordert werden.

Deutscher Taschenbuch Verlag
Friedrichstraße 1a, 80801 München